大师小品

胡 适 著

胡适文化小品

浙江文艺出版社

目录

001| 少年中国之精神
006| 新生活
009| 非个人主义的新生活
021| 差不多先生传
024| 科学的人生观
029| 工程师的人生观
036| 大宇宙中谈博爱
039| 一个防身药方的三味药
045| 新思潮的意义
055| 易卜生主义
075| 归国杂感
084| 不朽
094| 多研究些问题,少谈些"主义"!
100| 名教

目录

112| "旧瓶不能装新酒"吗
116| 信心与反省
124| 三论信心与反省
131| 整整三年了!
135| 写在孔子诞辰纪念之后
143| 悲观声浪里的乐观
149| 教育破产的救济方法还是教育
155| "我的儿子"
162| 我们对于西洋近代文明的态度
177| 漫游的感想
193| 文学改良刍议

少年中国之精神

前番太炎先生,话里面说现在青年的四种弱点,都是很可使我们反省的;他的意思是要我们少年人:1.不要把事情看得太容易了;2.不要妄想凭借已成的势力;3.不要虚慕文明;4.不要好高骛远。这四条都是消极的忠告。我现在且从积极一方面提出几个观念,和各位同志商酌。

(一)少年中国的逻辑。逻辑即是思想、辩论、办事的方法;一般中国人现在最缺乏的就是一种正当的方法,因为方法缺乏,所以有下列的几种现象:1.灵异鬼怪的迷信,如上海的盛德坛及各地的各种迷信;2.谩骂无理的议论;3.用诗云子曰做根据的议论;4.把西洋古人当做无上真理的议论。还有一种平常人不很注意的怪状,我且称他为"目的热",就是迷信一些空虚的大话,认为高尚的目的;全不问这种观念的意义究竟如何。今天有人说"我主张统一和平",大家齐声喝彩,就请他做内阁总理;明天又有人说"我主张和平统一",大家又齐声叫好,就举他做大总统。此外还有什么"爱国"哪,"护法"哪,"孔教"哪,"卫道"哪……许多空虚的名词,意义不曾确定,也都有许多人随声附和,认为天经地义,这便是我所说的"目的热"。以上所说各种现象都是缺乏方法的表示。我们既然自认为"少年中国",不可不有一种新方法;这种新方法,应该是科学的方法;科学方法,不是我在这短促时间里所能详细讨论的,我且略说科学方法的要点:

第一注重事实。科学方法是用事实做起点的,不要问孔子怎么说,柏拉图怎么说,康德怎么说;我们须要先从研究事实下手,凡游历调查统计等事都属于此项。

第二注重假设。单研究事实,算不得科学方法;王阳明对着庭前的竹子做了七天的"格物"功夫,格不出什么道理来,反病倒了,这是笨伯的"格物"方法;科学家最重"假设"(Hypothesis)。观察事物之后,自说有几个假定的意思;我们应该把每一个假设所含的意义彻底想出,看那意义是否可以解释所观察的事实,是否可以解决所遇的疑难。所以要博学;正是因为博学方才可以有许多假设,学问只是供给我们种种假设的来源。

第三注重证实。许多假设之中,我们挑出一个,认为最合用的假设;但是这个假设是否真正合用,必须实地证明。有时候,证实是很容易的;有时候,必须用"试验"方才可以证实。证实了的假设,方可说是"真"的,方才可用;一切古人今人的主张、东哲西哲的学说,若不曾经过这一层证实的功夫,只可作为待证的假设,不配认做真理。

少年的中国,中国的少年,不可不时时刻刻保存这种科学的方法,实验的态度。

(二)少年中国的人生观。现在中国有几种人生观都是"少年中国"的仇敌:第一种是醉生梦死的无意识生活,固然不消说了。第二种是退缩的人生观,如静坐会的人,如坐禅学佛的人,都只是消极的缩头主义;这些人没有生活的胆子,不敢冒险,只求平安,所以变成一班退缩懦夫。第三种是野心的投机主义,这种人虽不退缩,但完全为自己的私利起见,所以他们不惜利用他人做他们自己的器具,不惜牺牲别人的人格和自己的人格来满足自己的野心;到了紧要关头,不惜作伪,不惜作恶,不顾社会的公共幸福,以求达他们自己的目的。这三种人生观都是我们该反对的。少年中国的人生观,依我个人看来,该有下列的几种要素:

第一须有批评的精神。一切习惯、风俗、制度的改良,都起于一点批评的眼光。个人的行为和社会的习俗,都最容易陷入机械的习惯,到了"机械的习惯"的时代,样样事都不知不觉的做去,全不理会何以要这样做,只晓得人家都这样做故我也这样做;这样的个人便成了无意识的两脚机器,这样的社会便成了无生气的守旧社会。我们如果发愿要造成少年的中国,第一步便须有一种批评的精神;批评的精神不是别的,就是随时随地都要问:我为什么要这样做?为什么不那样做?

第二须有冒险进取的精神。我们须要认定这个世界是有很多危险的,定不太平的,是需要冒险的;世界的缺点很多,是要我们来补救的;世界的痛苦很多,是要我们来减少的;世界的危险很多,是要我们来冒险进取的。俗语说得好:"成人不自在,自在不成人。"我们要做一个人,岂可贪图自在;我们要想造一个"少年的中国",岂可不冒险。这个世界是给我们活动的大舞台,我们既上了台,便应该老着面皮,拼着头皮,大着胆子,干将起来;那些缩进后台去静坐的人都是懦夫,那些袖着双手只会看戏的人,也都是懦夫:这个世界岂是给我们静坐旁观的吗?那些厌恶这个世界梦想超生别的世界的人,更是懦夫,不用说了。

第三须要有社会协进的观念。上条所说的冒险进取,并不是野心的,自私自利的;我们既认定这个世界是给我们活动的,又须认定人类的生活全是社会的生活,社会是有机的组织。全体影响个人,个人影响全体,社会的活动是互助的,你靠他帮忙,他靠你帮忙,我又靠你同他帮忙,你同他又靠我帮忙;你少说了一句话,我或者不是我现在的样子,我多尽了一份力,你或者也不是你现在这个样子,我和你多尽了一份力,或少做了一点事,社会的全体也许不是现在这个样子,这便是社会协进的观念。有这个观念,我们自然把人人都看做通力合作的伴侣,自然会尊重人人的人格了;有这个观念,我们自然觉得我们的一举一动都和社会有关,自然不肯为社会造恶因,自然要努力为社会种善果,自然不致变成自私自利的野心投机家了。

少年的中国,中国的少年,不可不时时刻刻保存这种批评的、冒险进取的、社会的人生观。

(三)少年中国的精神。少年中国的精神并不是别的,就是上文所说的逻辑和人生观。我且说一件故事做我这番谈话的结论：诸君读过英国史的，一定知道英国前世纪有一种宗教革新的运动，历史上称为"牛津运动"（The Oxford Movement），这种运动的几个领袖如客白尔（Keble）、纽曼（Newman）、福鲁德（Froude）诸人，痛恨英国国教的腐败，想大大的改革一番；这个运动未起事之先，这几位领袖作了一些宗教性的诗歌写在一个册子上，纽曼摘了一句荷马的诗题在册子上，那句诗是 You shall see the difference now that we are back again! 翻译出来即是"如今我们回来了，你们看便不同了"！

少年的中国，中国的少年，我们也该时时刻刻记着这句话：

> 如今我们回来了，
> 你们看便不同了！

这便是少年中国的精神。

新生活

——为《新生活》杂志第一期做的

哪样的生活可以叫做新生活呢?

我想来想去,只有一句话。新生活就是有意思的生活。

你听了,必定要问我,有意思的生活又是什么样子的生活呢?

我且先说一两件实在的事情做个样子,你就明白我的意思了。

前天你没有事做,闲的不耐烦了,你跑到街上一个小酒店里,打了四两白干,喝完了,又要四两,再添上四两。喝的大醉了,同张大哥吵了一回嘴,几乎打起架来。后来李四哥来把你拉开,你气忿忿的又要了四两白干,喝的人事不知,幸亏李四哥把你扶回去睡了。昨儿早上,你酒醒了,大嫂子把前天的事告诉你,你懊悔的很,自己埋怨自己:"昨儿为什么要喝那么多酒呢?可不是糊涂吗?"

你赶上张大哥家去,作了许多揖,赔了许多不是,自己怪自己糊涂,请张大哥大量包涵。正说时,李四哥也来了,王三哥也来了。他们三缺一,要你陪他们打牌。你坐下来,打了十二圈,输了一百多吊钱。你回得家来,大嫂子怪你不该赌博,你又懊悔的很,自己怪自己道:"是呵,我为什么要陪他们打牌呢? 可不是糊涂吗?"

诸位,像这样子的生活,叫做糊涂生活,糊涂生活便是没有意思的生活。你做完了这种生活,回头一想,"我为什么要这样干呢"? 你自己也答不出究竟为什么。

诸位,凡是自己说不出"为什么这样做"的事,都是没有意思的生活。

反过来说,凡是自己说得出"为什么这样做"的事,都可以说是有意思的生活。

生活的"为什么",就是生活的意思。

人同畜生的分别,就在这个"为什么"上。你到万牲园里去看那白熊一天到晚摆来摆去不肯歇,那就是没有意思的生活。我们做了人,应该不要学那些畜生的生活。畜生的生活只是胡混,只是不晓得自己为什么如此做。一个人做的事应该件件事答得出一个"为什么"。

我为什么要干这个? 为什么不干那个? 回答得出,方才可算是一个人的生活。

我们希望中国人都能过这种有意思的新生活。其实这种新生活并不十分难,只消时时刻刻问自己为什么这样做,为什么不那样做,就可以渐渐的过到我们所说的新生活了。

诸位,千万不要说"为什么"这三个字是很容易的小事。你打今天起,每做一件事,便问一个为什么,——为什么不把辫子剪了?为什么不把大姑娘的小脚放了?为什么大嫂子脸上搽那么多的脂粉?为什么出棺材要用那么多叫化子?为什么娶媳妇也要用那么多叫化子?为什么骂人要骂他的爹妈?为什么这个?为什么那个?——你试办一两天,你就会觉得这三个字的趣味真是无穷无尽,这三个字的功用也无穷无尽。

诸位,我们恭恭敬敬的请你们来试试这种新生活。

民国八年八月

非个人主义的新生活

　　这个题目是我在山东道上想着的,后来曾在天津学生联合会的学术讲演会讲过一次,又在唐山的学术讲演会讲过一次。唐山的演讲稿由一位刘赞清君记出,登在一月十五日《时事新报》上。我这一篇的大意是对于新村的运动贡献一点批评。这种批评是否合理,我也不敢说。但是我自信这一篇文字是研究考虑的结果,并不是根据于先有的成见的。

本篇有两层意思。一是表示我不赞成现在一般有志青年所提倡,我所认为"个人主义"的新生活。一是提出我所主张的"非个人主义"的新生活。就是"社会"的新生活。

先说什么叫做"个人主义"(Individualism)。一月二日夜(就是我在天津讲演前一晚),杜威博士在天津青年会讲演"真的与假的个人主义",他说,个人主义有两种:

（一）假的个人主义——就是为我主义(Egoism)，他的性质是自私自利：只顾自己的利益，不管群众的利益。

（二）真的个人主义——就是个性主义(Individuality)，他的特性有两种：一是独立思想，不肯把别人的耳朵当耳朵，不肯把别人的眼睛当眼睛，不肯把别人的脑力当自己的脑力；二是个人对于自己思想信仰的结果要负完全责任，不怕权威，不怕监禁杀身，只认得真理，不认得个人的利害。

杜威先生极力反对前一种假的个人主义，主张后一种真的个人主义。这是我们都赞成的。但是他反对的那种自私自利的个人主义的害处，是大家都明白的。因为人多明白这种主义的害处，故他的危险究竟不很大。例如东方现在实行这种极端为我主义的"财主督军"，无论他们跟前怎样横行，究竟逃不了公论的怨恨，究竟不会受多数有志青年的崇拜。所以我们可以说这种主义的危险是很有限的。但是我觉得"个人主义"还有第三派，是很受人崇敬的，是格外危险的。这一派是：

（三）独善的个人主义，他的共同性质是：不满意于现社会，却又无可如何，只想跳出这个社会去寻一种超出现社会的理想生活。

这个定义含有两部分：1. 承认这个现社会是没有法子挽救

的了;2.要想在现社会之外另寻一种独善的理想生活。自有人类以来,这种个人主义的表现也不知有多少次了。简括说来,共有四种:

(一)宗教家的极乐国。如佛家的净土,犹太人的伊丁园,别种宗教的天堂、天国,都属于这一派。这种理想的缘起,都由于对现社会不满意。因为厌恶现社会,故悬想那些无量寿、无量光的净土;不识不知,完全天趣的伊丁园;只有快乐,毫无痛苦的天国。这种极乐国里所没有的,都是他们所厌恨的;所有的,都是他们所梦想而不能得到的。

(二)神仙生活。神仙的生活也是一种悬想的超出现社会的生活。人世有疾病痛苦,神仙无病长生;人世愚昧无知,神仙能知过去未来;人生不自由,神仙乘云邀游,来去自由。

(三)山林隐逸的生活。前两种是完全出世的,他们的理想生活是悬想的渺茫的出世生活。山林隐逸的生活虽然不是完全出世的,也是不满意于现社会的表示。他们不满意于当时的社会政治,却又无能为力,只得隐姓埋名,逃出这个恶浊社会去过他们自己理想中的生活。他们不能"得君行道",故对于功名利禄,表示藐视的态度;他们痛恨富贵的人骄奢淫佚,故说富贵如同天上的浮云,如同脚下的破草鞋。他们痛恨社会上有许多不耕而食、不劳而得的"吃白阶级",故自己耕田锄地,自食其力。他们厌恶这污浊的社会,故实行他们理想中梅妻鹤子、渔蓑钓艇的洁净生活。

(四)近代的新村生活。近代的新村运动,如十九世纪法国美国的理想农村,如现在日本日向的新村,照我的见解看起来,实在同山林隐逸的生活是根本相同的。那不同的地方,自然也有。山林隐逸是没有组织的,新村是有组织的:这是一种不同。隐逸的生活是同世事完全隔绝的,故有"不知有汉,遑论魏晋"的理想;现在的新村的人能有赏玩 Rodin 同 Cézanne 的幸福,还能在村外著书出报:这又是一种不同。但是这两种不同都是时代造成的,是偶然的,不是根本的区别。从根本性质上看来,新村的运动都是对于现社会不满意的表示。即如日向的新村,他们对于现在"少数人在多数人的不幸上,筑起自己的幸福"的社会制度,表示不满意,自然是公认的事实。周作人先生说日向新村里有人把中国看做"最自然,最自在的国"。这是他们对于日本政制极不满意的一种牢骚话,很可玩味的。武者小路实笃先生一班人虽然极不满意于现社会,却又不赞成用"暴力"的改革。他们都是"真心仰慕着平和"的人。他们于无可如何之中,想出这个新村的计划来。周作人先生说:"新村的理想,要将历来非暴力不能做到的事,用和平方法得来。"这个和平方法就是离开现社会,去过一种模范的生活。"只要万人真希望这种的世界,这世界便能实现。"这句话不但是独善主义的精义,简直全是净土宗的口气了!所以我把新村来比山林隐逸,不算冤枉他;就是把他来比求净土天国的宗教运动,也不算玷辱他。不过他们的"净土"是在日向,不在西天罢了。

我这篇文章要批评的"个人主义的新生活",就是指这一种跳出现社会的新村生活。这种生活,我认为是"独善的个人主义"的一种。"独善"两个字是从孟轲"穷则独善其身"一句话上来的。有人说:新村的根本主张是要人人"尽了对于人类的义务,却又完全发展自己个性";如此看来,他们既承认"对于人类的义务",如何还是独善的个人主义呢? 我说:这正是个人主义的证据。试看古今来主张个人主义的思想家,从希腊的"狗派"(Cynic)以至十八九世纪的个人主义,哪一个不是一方面崇拜个人,一方面崇拜那广漠的"人类"的? 主张个人主义的人,只是否认那些切近的伦谊——或是家族,或是"社会",或是国家——但是因为要推翻这些比较狭小逼人的伦谊,不得不捧出那广漠不逼人的"人类"。所以凡是个人主义的思想家,没有一个不承认这个双重关系的。

新村的人主张"完全发展自己个性",故是一种个人主义。他们要想跳出现社会去发展自己的个性,故是一种独善的个人主义。

这种新村的运动,因为恰合现在青年不满意于现社会的心理,故近来中国也有许多人欢迎、赞叹、崇拜。我也是敬仰武者先生一班人的,故也曾仔细考究这个问题。我考究的结果是不赞成这种运动。我以为中国的有志青年不应该仿行这种个人主义的新生活。

这种新村的运动有什么可以反对的地方呢?

第一,因为这种生活是避世的,是避开现社会的。这就是让步。这便不是奋斗。我们自然不应该提倡"暴力",但是非暴力的奋斗是不可少的。我并不是说武者先生一班人没有奋斗的精神。他们在日本能提倡反对暴力的论调——如《一个青年的梦》——自然是有奋斗精神的。但是他们的新村计划想避开现社会里"奋斗的生活",去寻那现社会外"生活的奋斗",这便是一大让步。武者先生的《一个青年的梦》里的主人翁最后有几句话,很可玩味。他说:

> ……请宽恕我的无力。——宽恕我的话的无力。但我心里所有的对于美丽的国的仰慕,却要请诸君体察的。

我们对于日向的新村应该做如此观察。

第二,在古代,这种独善主义还有存在的理由;在现代,我们就不该崇拜他了。古代的人不知道个人有多大的势力,故孟轲说:"穷则独善其身,达则兼济天下。"古人总想,改良社会是"达"了以后的事业——是得君行道以后的事业;故承认个人——穷的个人——只能做独善的事业,不配做兼济的事业。古人错了。现在我们承认个人有许多事业可做。人人都是一个无冠的帝王,人人都可以做一些改良社会的事。去年的五四运动和六三运动,何尝是"得君行道"的人做出来的?知道个人可以做事,知道有组织的个人更可以做事,便可以知道这种个人主义的独善生活是不值得模仿的了。

第三,他们所信仰的"泛劳动主义"是很不经济的。他们主张:"一个人生存上必要的衣食住,论理应该用自己的力去得来,不该要别人代负这责任。"这话从消极一方面看——从反对那"游民贵族"的方面看——自然是有理的。但是从他们的积极实行方面看,他们要"人人尽劳动的义务,制造这生活的资料"——就是衣食住的资料——这便是"矫枉过正"了。人人要尽制造衣食住的资料的义务,就是人人要加入这生活的奋斗。(周作人先生再三说新村里平和幸福的空气,也许不承认"生活的奋斗"的话;但是我说的,并不是人同人争面包米饭的奋斗,乃是人在自然界谋生存的奋斗;周先生说新村的农作物至今还不够自用,便是一证。)现在文化进步的趋势,是要使人类渐渐减轻生活的奋斗至最低度,使人类能多分一些精力出来,做增加生活意味的事业。新村的生活使人人都要尽"制造衣食住的资料"的义务,根本上否认分功进化的道理,增加生活的奋斗,是很不经济的。

第四,这种独善的个人主义的根本观念就是周先生说的"改造社会,还要从改造个人做起"。我对于这个观念,根本上不能承认。这个观念的根本错误在于把"改造个人"与"改造社会"分做两截;在于把个人看做一个可以提到社会外去改造的东西。要知道个人是社会上种种势力的结果。我们吃的饭,穿的衣服,说的话,呼吸的空气,写的字,有的思想……没有一件不是社会的。我曾有几句诗,说:"此身非吾有:一半属父母,一半属朋友。"当时我以为把一半的我归功社会,总算很慷慨了。后来我才知道这点算学做错了!父母给我的真是极少的一部分。其余各种极重要的部分,如思想、信仰、知识、技术、习惯,等等,大都是社会给我的。我穿线袜的法子是一个徽州同乡教我的;我穿皮鞋打的结能不散开，是一个美国女朋友教我的。这两件极细碎的例，很可以说明这个"我"是社会上无数势力所造成的。社会上的"良好分子"并不是生成的，也不是个人修炼成的——都是因为造成他们的种种势力里面，良好的势力比不良的势力多些。反过来，不良的势力比良好的势力多，结果便是"恶劣分子"了。古代的社会哲学和政治哲学只为要妄想凭空改造个人，故主张正心、诚意、独善其身的办法，这种办法其实是没有办法，因为没有下手的地方。近代的人生哲学渐渐变了，渐渐打破了这种迷梦，渐渐觉悟：改造社会的下手方法在于改良那些造成社会的种种势力——制度、习惯、思想、教育，等等。那些势力改良了，人也改良了。所以我觉得"改造社会要从改造个人做起"还是脱不了旧思想的影响。我们的根本观念是：

　　个人是社会上无数势力造成的。
　　改造社会须从改造这些造成社会，造成个人的种种势力做起。
　　改造社会即是改造个人。

　　新村的运动如果真是建筑在"改造社会要从改造个人做起"一个观念上，我觉得那是根本错误了。改造个人也是要一点一滴的改造那些造成个人的种种社会势力。不站在这个社会里来做这种一点一滴的社会改造，却跳出这个社会去"完全发展自己个性"，这便是放弃现社会，认为不能改造。这便是独善的个人主义。

以上说的是本篇的第一层意思。现在我且简单说明我所主张的"非个人主义"的新生活是什么。这种生活是一种"社会的新生活",是站在这个现社会里奋斗的生活,是霸占住这个社会来改造这个社会的新生活。他的根本观念有三条:

(一)社会是种种势力造成的,改造社会须要改造社会的种种势力。这种改造一定是零碎的改造——一点一滴的改造,一尺一步的改造。无论你的志愿如何宏大,理想如何彻底,计划如何伟大,你总不能笼统的改造,你总不能不做这种"得寸进寸,得尺进尺"的功夫。所以我说:社会的改造是这种制度那种制度的改造,是这种思想那种思想的改造,是这个家庭那个家庭的改造,是这个学堂那个学堂的改造。

有人说:"社会的种种势力是互相牵掣的,互相影响的。这种零碎的改造,是不中用的。因为你才动手改这一种制度,其余的种种势力便围拢来牵掣你了。如此看来,改造还是该做笼统的改造。"我说不然。正因为社会的势力是互相影响牵掣的,故一部分的改造自然会影响到别种势力上去。这种影响是最切实的,最有力的。近年来的文字改革,自然是局部的改革,但是他所影响的别种势力,竟有意想不到的多。这不是一个很明显的例吗?

（二）因为要做一点一滴的改造，故有志做改造事业的人必须要时时刻刻存研究的态度，做切实的调查，下精细的考虑，提出大胆的假设，寻出实验的证明。这种新生活是研究的生活，是随时随地解决具体问题的生活。具体的问题多解决了一个，便是社会的改造进了那么多一步。做这种生活的人要睁开眼睛，公开心胸；要手足灵敏，耳目聪明，心思活泼；要欢迎事实，要不怕事实；要爱问题，要不怕问题的逼人！

（三）这种生活是要奋斗的。那避世的独善主义是与人无忤，与世无争的，故不必奋斗。这种"淑世"的新生活，到处翻出不中听的事实，到处提出不中听的问题，自然是很讨人厌的，是一定要招起反对的。反对就是兴趣的表示，就是注意的表示。我们对于反对的旧势力，应该做正当的奋斗，不可退缩。我们的方针是：奋斗的结果，要使社会的旧势力不能不让我们；切不可先就偃旗息鼓退出现社会去，把这个社会双手让给旧势力。换句话说，应该使旧社会变成新社会，使旧村变为新村，使旧生活变为新生活。

我且举一个实际的例。英美近二三十年来，有一种运动，叫做"贫民区域居留地"（Social Settlements）的运动。这种运动的大意是：一班青年的男女——大都是大学的毕业生——在本城拣定一块极龌龊、极不堪的贫民区域，买一块地，造一所房屋。这一班人便终日在这里面做事。这屋里，凡是物质文明所赐的生活需要品——电灯、电话、热气、浴室、游水池、钢琴、话匣,等等——无一不有。他们把附近的小孩子——垢面的孩子,顽皮的孩子——都招拢来,教他们游水,教他们读书,教他们打球,教他们演说辩论,组成音乐队,组成演剧团,教他们演戏奏艺。还有女医生和看护妇,天天出去访问贫家,替他们医病,帮他们接生和看护产妇。病重的,由"居留地"的人送入公家医院。因为天下贫民都是最安本分的,他们眼见那高楼大屋的大医院心里以为这定是为有钱人家造的,决不是替贫民诊病的;所以必须有人打破他们这种见解,教他们知道医院不是专为富贵人家的。还有许多贫家的妇女每日早晨出门做工,家里小孩子无人看管,所以"居留地"的人教他们把小孩子每天寄在"居留地"里,有人替他们洗浴,换洗衣服,喂他们饮食,领他们游戏。到了晚上,他们的母亲回来了,各人把小孩领回去。这种小孩子从小就在洁净慈爱的环境里长大,渐渐养成了良好习惯,回到家中,自然会把从前的种种污秽的环境改了。家中的大人也因时时同这种新生活接触,渐渐的改良了。我在纽约时,曾常常去看亨利街上的一所居留地,是华德女士(Lilian Wald)办的。有一晚我去看那条街上的贫家子弟演戏,演的是贝里(Barry)的名剧。我至今回想起来,他们演戏的程度比我们大学的新戏高得多咧!

　　这种生活是我所说的"非个人主义的新生活"!是我所说的"变旧社会为新社会,变旧村为新村"的生活!这也不是用"暴力"去得来的!我希望中国的青年要做这一类的新生活,不要去模仿那跳出现社会的独善生活,我们的新村就在我们自己的旧村里！我们所要的新村是要我们自己的旧村变成的新村！

可爱的男女少年！我们的旧村里我们可做的事业多得很咧！村上的鸦片烟灯还有多少？村上的吗啡针害死了多少人？村上缠脚的女子还有多少？村上的学堂成个什么样子？村子的绅士今年卖选票得了多少钱？村上的神庙香火还是怎么兴旺？村上的医生断送了几百条人命？村上的煤矿工人每日只拿到五个铜子，你知道吗？村上多少女工被贫穷逼去卖淫，你知道吗？村上的工厂没有避火的铁梯，昨天火起，烧死了一百多人，你知道吗？村上的童养媳妇被婆婆打断了一条腿，村上的绅士逼他的女儿饿死做烈女，你知道吗？

有志求新生活的男女少年！我们有什么权利，丢开这许多的事业去做那避世的新村生活！我们放着这个恶浊的旧村，有什么面孔，有什么良心，去寻那"和平幸福"的新村生活！

九，一，二二

差不多先生传

你知道中国最有名的人是谁?

提起此人,人人皆晓,处处闻名。他姓差,名不多,是各省各县各村人氏。你一定见过他,一定听过别人谈起他。差不多先生的名字天天挂在大家的口头,因为他是中国全国人的代表。

差不多先生的相貌和你和我都差不多。他有一双眼睛,但看的不很清楚;有两只耳朵,但听的不很分明;有鼻子和嘴,但他对于气味和口味都不很讲究。他的脑子也不小,但他的记性却不很精明,他的思想也不很细密。

他常常说:"凡事只要差不多,就好了。何必太精明呢?"

他小的时候,他妈叫他去买红糖,他买了白糖回来。他妈骂他,他摇摇头说:"红糖白糖不是差不多吗?"

他在学堂的时候,先生问他:"直隶省的西边是哪一省?"他说是陕西。先生说:"错了。是山西,不是陕西。"他说:"陕西同山西,不是差不多吗?"

后来他在一个钱铺里做伙计;他也会写,也会算,只是总不会精细。十字常常写成千字,千字常常写成十字。掌柜的生气了,常常骂他。他只是笑嘻嘻地赔小心道:"千字比十字只多一小撇,不是差不多吗?"

有一天,他为了一件要紧的事,要搭火车到上海去。他从从容容地走到火车站,迟了两分钟,火车已开走了。他白瞪着眼,望着远远的火车上的煤烟,摇摇头道:"只好明天再走了,今天走同明天走,也还差不多。可是火车公司未免太认真了。八点三十分开,同八点三十二分开,不是差不多吗?"他一面说,一面慢慢地走回家,心里总不明白为什么火车不肯等他两分钟。

有一天,他忽然得了急病,赶快叫家人去请东街的汪医生。那家人急急忙忙地跑去,一时寻不着东街的汪大夫,却把西街牛医王大夫请来了。差不多先生病在床上,知道寻错了人;但病急了,身上痛苦,心里焦急,等不得了,心里想道:"好在王大夫同汪大夫也差不多,让他试试看吧。"于是这位牛医王大夫走近床前,用医牛的法子给差不多先生治病。不上一点钟,差不多先生就一命呜呼了。

差不多先生差不多要死的时候,一口气断断续续地说道:"活人同死人也差……差……差不多,……凡事只要……差……差……不多……就……好了,……何……何……必……太……太认真呢?"他说了这句格言,方才绝气了。

他死后,大家都很称赞差不多先生样样事情看得破,想得通;大家都说他一生不肯认真,不肯算账,不肯计较,真是一位有德行的人。于是大家给他取个死后的法号,叫他做圆通大师。

他的名誉越传越远,越久越大。无数无数的人都学他的榜样。于是人人都成了一个差不多先生。——然而中国从此就成为一个懒人国了。

科学的人生观

今天讲的题目,就是"科学的人生观",研究人是什么东西?在宇宙中占据什么地位?人生究竟有何意味?因为少年人近来觉得很烦闷,自杀、颓废的都有,我比较至少多吃了几斤盐、几担米,所以来计划计划,研究自身人的问题。至于人生观,各人不同,都随环境而改变,不可以一个人的人生观去统理一切;因为公有公理,婆有婆理,我们至少要以科学的立场,去研究它,解决它。"科学的人生观"有两个意思:第一拿科学做人生观的基础;第二拿科学的态度、精神、方法,做我们生活的态度、生活的方法。

现在先讲第一点,就是人生是什么?人生是啥物事?拿科学的研究结果来讲,我在民国十二年发表了十条,这十条就是武昌有一个主教,称为新的"十诫",说我是中华基督教的危险物的。十条内容如下:

(一)要知道空间的大。拿天文、物理考察,得着宇宙之大;

从前孙行者翻筋斗,一翻翻到南天门,一翻翻到下界,天的观念,何等的小?现在从地球到银河中间的最近的一个星,中间距离,照孙行者一秒钟翻十万八千里的速率计算,恐怕翻一万万年也翻不到,宇宙是何等的大?地球是宇宙间的沧海之一粟,九牛之一毛;我们人类,更是小,真是不成东西的东西!以前看得人的地位太重了,以为是万物之灵,同大地并行,凡是政治不良,就有彗星、地震的征象,这是错的。从前王充很能见得到,说,一个虱子不能改变那裤子里的空气,和那人类不能改变皇天一样。所以我们眼光要大。

(二)时间是无穷的长。从地质学、生物学的研究,晓得时间是无穷的长,以前开口五千年,闭口五千年,以为目空一切;不料世界太阳系的存在,有几万万年的历史,地球也有几万万年,生物至少有几千万年,人类也有二三百万年,所以五千年占很小的地位。明白了时间之长,就可以看见各种进步的演变,不是上帝一刻可以造成的。

(三)宇宙间自然的行动。根据了一切科学,知道宇宙、万物都有一定不变的自然行动。"自然自己,也是如此",就是自己自然如此,各物自己如此的行动,并没有一种背后的指示,或是一个主宰去规范他们。明白了这点,对于月食是月亮被天狗所吞的种种迷信,可以打破了。

(四)物竞天择的原理。从生物学的知识,可以看到"物竞天择"的原理。鲫鱼下卵有几百万个,但是变鱼的只有几个;否则就要变成"鱼世界"了!大的吃小的,小的又吃更小的,人类都是如此。从此晓得人生不受安排,是自己如此的行动;否则要安排起来,为什么不安排一个完善的世界呢?

(五)人是什么东西。从社会学、生理学、心理学方面去看,人是什么东西?吴稚晖先生说:"人是两手一个大脑的动物,与其他的不同,只在程度上的区别罢了。"人类的手,与鸡、鸭的掌差不多,实是他们的弟兄辈。

(六)人类是演进的。根据了人种学来看,人类是演进的;因为要应付环境,所以要慢慢的变;不变不能生存,要灭亡了。所以从下等的动物,慢慢演进到高等的动物,现在还是演进。

(七)心理受因果律的支配。根据了心理学、生物学来讲,心理现状是有因果律的。思想、做梦,都受因果律的支配,是心理、生理的现象,和头痛一般;所以人的心理说是超过一切,是不对的。

(八)道德、礼教的变迁。照生理学、社会学来讲,人类道德、礼教也是变迁的。以前以为脚小是美观,但是现在脚小要装大了。所以道德、礼教的观念,正在改进。以二十年、二百年或两千年以前的标准,来判断二十年、二百年、两千年后的状况,是格格不相入的。

(九)各物都有反应。照物理、化学来讲,物质是活的,原子分为电子,是动的。石头倘然加了化学品,就有反应,像人打了一记,就有反动一样。不同的,只在程度不同罢了。

(十)人的不朽。根据一切科学知识,人是要死的,物质上的腐败,和猫死狗死一般。但是个人不朽的工作,是功德:在立德,立功，立言。善恶都是不朽。一块痰中，有微生物，这菌能散布到空间，使空气都恶化了；人的言语，也是一样。凡是功业、思想，都能传之无穷；匹夫匹妇，都有其不朽的存在。

我们要看破人世间、时间之伟大，历史的无穷，人是最小的动物，处处都在演进，要去掉那"小我"的主张，但是那小小的人类，居然现在对于制度、政治各种都有进步。

以前都是拿科学去答复一切，现在要用什么方法去解决人生，就是哪样生活？各人有各人的方法，但是，至少要有那科学的方法、精神、态度去做。分四点来讲：

（一）怀疑。三个弗相信的态度，人生问题就很多。有了怀疑的态度，就不会上当。以前我们幼时的知识，都从阿金、阿狗、阿毛等黄包车夫、娘姨处学来；但是现在自己要反省，问问以前的知识是否靠得住？

（二）事实。我们要实事求是，现在像贴贴标语，什么打倒田中义一等，都仅务虚名，像豆腐店里生意不好，看看"对我生财"泄闷一样。又像是以前的画符，一画符病就好的思想。贴了打倒帝国主义，帝国主义就真个打倒了么？这不对，我们应做切实的工作，奋力的做去。

（三）证据。怀疑以后，相信总要相信，但是相信的条件，就是拿凭据来。有了这一句，论理学诸书，都可以不读。赫胥黎的儿子死了以后，宗教家去劝他信教，但是他很坚决的说："拿有上帝的证据来！"有了这种态度，就不会上当。

（四）真理。朝夕的去求真理，不一定要成功，因为真理无穷,宇宙无穷;我们去寻求,是尽一点责任,希望在总分上,加上万万分之一。胜固是可喜,败也不足忧。明知赛跑只有一个人第一,我们还要跑去,不是为我为私,是为大家。发明不是为发财,是为人类。英国有一个医生,发明了一种治肺的药。但是因为自秘,就被医学会开除了。

所以科学家是为求真理。庄子虽有"吾生也有涯,而知也无涯,以有涯逐无涯,殆已"的话头,但是我们还要向上做去,得一分就是一分,一寸就是一寸,可以有亚基米特氏发现浮力时叫Eureka的快活。有了这种精神,做人就不会失望。所以人生的意味,全靠你自己的工作;你要它圆就圆,方就方,是有意味;因为真理无穷,趣味无穷,进步快活也无穷尽。

工程师的人生观

今天要赶十点四十分钟的飞机到台东,所以只能很简单地说几句话,很为抱歉。报上说我作学术讲演,这是不敢当。我是来向工学院拜寿的。昨夜我问秦院长希望我送什么礼物。晚上想想,认为最好的礼物,是讲讲工程师的思想史同哲学史。所以我便以此送给各位。

究竟什么算是工程师的哲学呢?什么算是工程师的人生观呢?因为时间很短,我当然不能把这个大的题目讲得满意,只是提出几点意思,给现在的工程师同将来的工程师做个参考。法国从前有一位科学家柏格生(Bergson)说:"人是制器的动物。"过去有许多人说:"人是有效力的动物。"也有许多人说:"人是理智的动物。"而柏格生说:"人是能够制造器具的动物。"这个初造器具的动物,是工程师的老祖宗。什么叫做工程师呢?工程师的作用,在能够找出自然界的利益,强迫自然世界把它的利益一个一个贡献出来;就是改造自然、征服自然、控制自然,以减除人的痛苦,增加人的幸福。这是工程师哲学的简单说法。

大家都承认:学做工程师的,每天在课堂里面上应该上的课,在试验室里面做应该做的试验,也许忽略了最大的目标,或者忽略了真正的基本——工程师的人生观。所以这个题目,是值得我们考虑的。

昨天在工学院教授座谈会中,我说:我到了六十二岁,还不知道我专门学的什么。起初学农;以后弄弄文学,弄弄哲学,弄弄历史;现在搞《水经注》,人家说我改弄地理。也许六十五岁以后、七十岁的时候,说不定要到工学院做学生;只怕工学院的先生们不愿意收一个老学徒,说"老狗教不会新把戏"。今天在工学院做学生不够资格的人,要来谈谈现在的工程师同将来的工程师的人生观,实属狂妄,就是有点大胆。不过我觉得我这个意思,值得提出来说说。人是能够制造器具的动物,别的动物,也有能够制造东西的,譬如:蜘蛛能够制造网,蜜蜂能够制造蜜糖,珊瑚虫能够制造珊瑚岛。而我们人同这些动物之所以不同,就是蜘蛛制造网的丝,是从肚子里出来的,它肚子里有无穷无尽的丝;蜜蜂采取百花,经一番制造,做成的确比原料高明的蜜糖:这些动物,可算是工程师;但是它的范围,它用的,只是它自己的本能。珊瑚虫能够做成很大的珊瑚岛,也是本能的。人,如果只靠他的本能,讲起来也是有限得很的! 人与蜘蛛、蜜蜂、珊瑚虫所以不同,是在他充分运用聪明才智,揭发自然的秘密,来改造自然,征服自然,控制自然。控制自然,为的是什么呢? 不是像蜘蛛制网,为的捕虫子来吃;人的控制自然,为的是要减轻人的劳苦,减除人的痛苦,增加人的幸福,使人类的生活格外的丰富,格外有意义。这是"科学与工业的文化"的哲学。我觉得柏格生这个"人"的定义,同我们刚才简单讲的工程师的哲学、工程师的人生观、工程师的目标,是值得我们随时想想,随时考虑的。

这个话同这个目标,不是外国来的东西,可以说是我们老祖宗在几百年,甚至几千年以前,就有了这种理想了。目前有些人提倡读经;我倒很愿意为工程师背几句经书,来说明这个理想。

人如何能控制自然,制造器具呢?人控制自然这个观念,无论东方的圣人贤人,西方的圣人贤人,都是同样有的。我现在提出我们古人的几句话,使大家知道工程师的哲学,并不是完全外来的洋货。我常常喜欢把《易经·系辞》里面几句话翻成外国文给外国人看。这几句话是:"见乃谓之象;形乃谓之器;制而用之谓之法;利用出入,民咸用之,谓之神。"看见一个意思,叫做象;把这个意象变成一种东西——形,叫做器;大规模的制造出来,叫做法;老百姓用工程师制造出来的这些器具,都说好呀!好呀!但是不晓得这器具是从一种意象来的,所以看见工程师便叫做神。

希腊神话,说火是从天上偷来的;中国历史上发明火的燧人氏被称为古帝之一——神。火,是一个大发明。发明火的人,是一个大工程师。我刚才所举《易经·系辞》,从一个观念——意象——造成器具,这个意思,是了不得的。人类历史上所谓文化的进步,完全在制造器具的进步。文化的时代,是照工程师的成绩划分的。人类第一发明是火;大体说来,火的发现是文化的开始。下去为石器时代。无论旧石器时代,新石器时代,都是人类用智慧把石头造成功器具的时候。再下去为青铜器时代。用铜制造器具,这是工程师最大的贡献。再下去为铁的时代。这是一个大的革命。后来把铁炼成钢。再下去发明蒸汽机,为蒸汽机时代。再下去运用电力,为电力的时代;现在为原子能时代:这都是制器的大进步。每一个大时代,都只是制器的原料与动力的大革命。从发明火以后,石器时代、铜器时代、铁器时代、电力时代、原子能时代,这些文化的阶段,都是依工程师所创造划分的。

这种理想,中国历史上早就有了的。工学院水工试验室要我写字,我写了两句话。这两句话,是《荀子·天论篇》里面的。《荀子·天论篇》是中国古代了不得的哲学,也就是西方柏格生征服自然以为人用的思想。《荀子·天论篇》说:"从天而颂之,孰与制天命而用之? 大天而思之,孰与物蓄而制之?"这个文字,依照清代学者校勘,稍须改动。但意思没有改动。"从天而颂之",是说服从自然。"从天而颂之,孰与制天命而用之。"两句话联起来说,意思是:跟着自然走而歌颂,不如控制自然来用。"大天而思之",是问自然是怎样来的。"大天而思之,孰与物蓄而制之?"是说:问自然从哪里来的,不如把自然看成一种东西,养它、制裁它。把自然控制来用,中国思想史上只有荀子才说得这样彻底。从这两句话,也可以看出中国在两千二三百年前,就有控制天命——古人所谓天命,就是自然——把天命看做一种东西来用的思想。

"穷理致知"四个字,是代表七八百年前——十一世纪到十二世纪——宋朝的思想的。宋代程子、朱子提倡格物——穷理——的哲学。什么叫做"格物"呢?这有七十几种说法。今天我们不去研究这些说法。照程子、朱子的解释,"格物"是"即物而穷其理。……即凡天下之物,莫不因其已知之理而益穷之,以求至乎其极"。这样的格物致知,可以扩大人的知识。程子说,今天格一物,明天格一物,习而久之,自然贯通。有人以范围问他,他说,上自天地之高大,下至一草一木,都要格的。这个范围,就是科学的范围、工程师的范围。

两千二三百年前,荀子就有"制天命而用之"的思想;七八百年前,程子、朱子就有格物——穷理——的哲学。这是科学的哲学,可算是工程师的哲学。我们老祖宗有这样好的思想、哲学,为什么不能做到科学工业的文化呢?简单一句话,我们不幸得很,两千五百年以前的时候,已经走上了自然主义的哲学一条路了。像老子、庄子,以及更后的淮南子,都是代表自然主义思想的。这种自然主义的哲学发达的太早,而自然科学与工业发达的太迟:这是中国思想史的大缺点。

刚才讲,人是用智慧制造器具的动物。这样,人就要天天同自然界接触,天天动手动脚的,抓住实物,把实物来玩,或者打碎它、煮它、烧它。玩来玩去,就可以发现新的东西,走上科学工业的一条路。比方"豆腐",就是把豆子磨细,用其他的东西来点,来试验,一次,二次……经过许多次的试验,结果点成浆,做成功豆腐;做成功豆腐还不够,还要做豆腐干、豆腐乳。豆腐的做成,很显然的,是与自然界接触,动手动脚,多方试验的结果,不是对自然界看看,想想,或作一首诗恭维自然界就行了的。

顶好一个例子,是格物哲学到了明朝的一个故事。明朝有一位大哲学家王阳明,他说,照程子、朱子的说法,要做圣人,要"即物而穷其理"。"即物穷理",你们没有试验过,我王阳明试验过了。有一天,他同一位姓钱的朋友研究格物,并由钱先生动手格竹子;拿一个凳子坐在竹子旁边望,望了三天三夜,格不出来,病了。王阳明说,你不够做圣人,我来格。也端把椅子对着竹子望,望了一天一夜,两天两夜……到了七天七夜,王阳明也格不出来,病了。于是王阳明说,我们不配做圣人,不能格物。从这个故事,可以看出传统的不动手动脚,拿天然实物来玩的习惯。今天工学院植物系的学生格竹子,是要把竹子劈开,用显微镜来细细的看,再加上颜色的水,做各种的试验,然后就可以判定竹子在工业上的地位。为什么王阳明格不出来,今天的工程师可以格出来?因王阳明没有动手动脚做器具的习惯,今天的工程师有动手动脚做器具的习惯。荀子"制天命而用之"的哲学,终敌不过老子、庄子"错(措)人而思天"的哲学。故程、朱的格物穷理的思想,终不能应用到自然界的实物上去,至多只能在"读书"(文史的研究)上发生了一点功效。

今天送给各位工程师哲学的人生观,又约略讲一讲我们老祖宗为什么失败;为什么有了这样好的征服天然的理想,穷理致知的哲学,而没有造成功科学文化、工业文化。我们可以了解我们老祖宗让西方人赶上去了。同时,从西方人后来实现了我们老祖宗的理想,我们亦就可以知道,只要振作,是可以迎头赶上的。我们只要二十年、三十年的努力,就可以同世界上科学工业发达的国家站在一样的地位。

二十年前,中国科学社要我作一个社歌;后来请赵元任先生作了乐谱。今天我把这个东西送给各位工程师。这个社歌,一共三段十二句。

> 我们不崇拜自然,它是一个刁钻古怪;
> 　我们要捶它、煮它,要叫它听我们的指派。

> 我们要它给我们推车,我们要它给我们送信。
> 　我们要揭穿它的秘密,好叫它服侍我们人。

> 我们唱天行有常,我们唱致知穷理。
> 　明知道真理无穷,进一寸有一寸的欢喜。

一九五三年

大宇宙中谈博爱

·

"博爱"就是爱一切人。这题目范围很大。在未讨论以前,让我们先看一个问题:我们的世界有多大?

我的答复是"很大"!我从前念《千字文》的时候,一开头便已念到这样的词句:"天地玄黄,宇宙洪荒。"

宇宙是中国的字,和英文的 Universe、World 的意思差不多,都是抽象名词。

宇是空间(Space),即东南西北;宙是时间(Time),即古今旦暮。

《淮南子》说宇是上下四方,宙是古往今来。

宇宙就是天地,宇宙就是 Time-Space。

古人能得 Universe 的观念实在不易,相当合于今日的科学。

但古人所见的空间很小,时间很短,现在的观念已扩大了许多。考古学探讨千万年的事,地质学、古生物学、天文学等等不断的发现,更将时间空间的观念扩大。

现在的看法:空间是无穷的大,时间是无穷的长。

古人只见到八大行星,二十年前只见九大行星。现在所谓的银河,是古代所未能想象得到的。以前觉得太阳很远,现在说起来算不得什么,因为比太阳远千万倍的东西多得很。

科学就这样地答复了"宇宙究竟有多大"这个问题。

现在谈第二点:博爱。

在这个大世界里谈博爱,真是个大问题。

广义的爱,是世界各大宗教的最终目的。墨子可谓中国历史上最了不起的人,可说是宗教创立者(Founder of Religion),他提出"兼爱"为他的理论中心。兼爱就是博爱,是爱无等差的爱。墨子理论和基督教教义有很多相合的地方,如"爱人如己"、"爱我们的仇敌"等。

佛教哲学本谓一切无常,我亦无常,"我"是"四大"(土、水、火、风)偶然结合而成的,是十分简单的东西,因此无所谓爱与恨——根本不值得爱,也不值得恨。但早期佛教亦有爱的意念在:我既无常,可牺牲以为人。

和尚爱众生,但是佛教不准自食其力,所以有人称之为"叫花"(乞丐)宗教。自己的饭亦须取之于人,何能博爱?

古时很多人为了"爱",每次蹲坑(大便)的时候便想想,大想一番,想到爱人。有些人则以身喂蚊,或以刀割肉,以自身所受的痛苦来显示他们对人的爱。这种爱的方法,只能做到牺牲自己,在现代的眼光看来,是可笑的。这种博爱给人的帮助十分有限,与现代的科学——工程、医学等所能给我们的"博爱"比起来,力量实在小得可怜。今日的科学增进了人类互助博爱的能力。就说最近意大利邮船 Andrea Doria 号遇难的事吧,短短的数小时内就救起千多人。近代交通、医学等的发达,减少了人类无数的痛苦。

我们要谈博爱,一定要换一观念。古时那种喂蚊割肉的博爱,等于开空头支票,毫无价值。现在的科学才能放大我们的眼光,促进我们的同情心,增加我们助人的能力。我们需要一种以科学为基础的博爱——一种实际的博爱。

孔子说:"修己以敬,修己以安人,修己以安百姓。"修己就是把自己弄好。我们应当先把自己弄好,然后帮助别人;"独善其身"然后能"兼善天下"。同学们,现在我们读书的时候,不要空谈高唱博爱;但应先努力学习,充实自己,到我们有充分能力的时候才谈博爱,仍不算迟。

一个防身药方的三味药

毕业班的诸位同学,现在都得离开学校去开始你们自己的事业了。今天的典礼,我们叫做"毕业"、叫做"卒业",在英文里叫做"始业"(Commencement)。你们的学校生活现在有一个结束,现在你们开始进入一段新的生活,开始撑起自己的肩膀来挑自己的担子,所以叫做"始业"。

我今天承毕业班同学的好意,承阁校长的好意,来说几句话。我进大学是在五十年前(1910),我毕业是在四十六年前(1914),够得上做你们的老大哥了。今天我用老大哥的资格,应该送你们一点小礼物,我要送你们的小礼物只是一个防身的药方,给你们离开校门,进入大世界,做随时防身救急之用的一个药方。

这个防身药方只有三味药:

第一味药叫做"问题丹"。

第二味药叫做"兴趣散"。

第三味药叫做"信心汤"。

第一味药,"问题丹",就是说:每个人离开学校,总得带一两个麻烦而有趣味的问题在身边做伴,这是你们入世的第一要紧的救命宝丹。

问题是一切知识学问的来源,活的学问、活的知识,都是为了解答实际上的困难,或理论上的困难而得来的。年轻人世的时候,总得有一个两个不大容易解决的问题在脑子里,时时向你挑战,时时笑你不能对付他,不能奈何他,时时引诱你去想他。

只要你有问题跟着你,你就不会懒惰了,你就会继续有知识上的长进了。

学堂里的书,你带不走;仪器,你带不走;先生,他们不能跟你去。但是问题可以跟你走到天边!有了问题,没有书,你自会省吃省穿去买书;没有仪器,你自会卖田卖地去买仪器!没有好先生,你自会去找好师友;没有资料,你自会上天下地去找资料。

各位青年朋友,你今天离开学校,夹袋里准备了几个问题跟着你走?

第二味药,叫做"兴趣散",这就是说:每个人进入社会,总得多发展一点专门职业以外的兴趣——"业余"的兴趣。

你们多数是学工程的,当然不愁找不到吃饭的职业,但四年前你们选择的专门职业,真是你们自己的自由志愿吗?你们现在还感觉你们手里的文凭真可以代表你们每个人终生的志愿,终生的兴趣吗?——换句话说,你们今天不懊悔吗?明年今天还不会懊悔吗?

你们在这四年里,没有发现什么新的、业余的兴趣吗? 在这四年里,没有发现自己在本行以外的才能吗?

总而言之,一个人应该有他的职业,又应该有他的非职业的玩意儿。不是为吃饭而是心里喜欢做的,用闲暇时间做的——这种非职业的玩意儿,可以使他的生活更有趣、更快乐、更有意思。有时候,一个人的业余活动也许比他的职业还更重要。

英国十九世纪的两个哲学家,一个是弥尔(J. S. Mill),他的职业是东印度公司的秘书,他的业余工作使他在哲学上、经济学上、政治思想史上,都有很大的贡献。一个是斯宾塞(Herbert Spencer),他是一个测量工程师,他的业余工作使他成为一个很有实力的思想家。

英国的大政治家丘吉尔,政治是他的终生职业,但他的业余兴趣很多,他在文学、历史两方面,都有大成就;他用余力作油画,成绩也很好。

美国大总统艾森豪先生,他的终生职业是军事,人都知道他最爱打高尔夫球,但我们知道他的油画也很有功夫。

各位青年朋友,你们的专门职业是不用愁的了,你们的业余兴趣是什么? 你们能做的,爱做的业余活动是什么?

第三味药,我叫他做"信心汤",这就是说:你总得有一点信心。

我们生存在这个年头,看见的、听见的,往往都是可以叫我们悲观、失望的——有时候竟可以叫我们伤心,叫我们发疯。

这个时代,正是我们要培养我们的信心的时候,没有信心,我们真要发狂自杀了。

我们的信心只有一句话"努力不会白费",没有一点努力是没有结果的。

对你们学工程的青年人,我还用多举例来说明这种信心吗?工程师的人生哲学当然建筑在"努力不白费"的定律的基石之上。

我只举这短短几十年里大家都知道的两个例子:

一个是亨利·福特(Henry Ford),这个人没有受过大学教育,他小时半工半读,只读了几年书,十六岁就在一小机器店里做工,每周工钱两块半美金,晚上还得去帮别家做夜工。

五十七年前(1903)他三十九岁,他创立 Ford Motor Co.(福特汽车公司),原定资本十万元,只招得两万八千元。

五年之后(1908),他造成了他的最出名的 model T 汽车,用全力制造这一种车子。

一九一三年——我已在大学三年级了,福特先生创立他的第一副"装配线"(Assembly line)。

一九一四年——四十六年前——他就能够完全用"装配线"的原理来制造他的汽车了。同时(1914)他宣布他的汽车工人每天只工作八点钟,比别处工人少一点钟——而每天最低工钱五元美金,比别人多一倍。

他的汽车开始是九百五十元一部,他逐年减低卖价,从九百五十元直减到三百六十元——第一次世界大战之后,减到二百九十元一部。

他的公司,在创办时(1903)只有两万八千元的资本——到二十三年之后(1926)已值得十亿美金了,已成了全世界最大的汽车公司了。一九一五年,他造了一百万部汽车,一九二八年,他造了一千五百万部车。

他的"装配线"的原则在二十年里造成了全世界的"工业新革命"。

福特的汽车在五十年中征服全世界的历史还不能叫我们产生"努力不白费"的信心吗?

第二个例子是航空工程与航空工业的历史。

也是五十七年前——一九〇三年十二月十七日,正是我十二整岁的生日——那一天,在北加罗林那州的海边 Kitty Hawk(基帝霍克)沙滩上,两个修理脚踏车的匠人,兄弟两人,用他们自己制造的一只飞机,在沙滩上试起飞,弟弟叫 Owille Wright,他飞起了十二秒钟。哥哥叫 Wilbur Wright,他飞起了五十九秒钟。

那是人类制造飞机飞在空中的第一次成功——现在那一天(12月17日)是全美国庆祝的"航空日"——但当时并没有人注意到那两个兄弟的试验,但这两个没有受过大学教育的脚踏车修理匠人,他们并不失望,他们继续试飞,继续改良他们的飞机,一直到四年半之后(1908年5月),才有重要的报纸来报道他们两个人的试飞,那时候,他们已能在空中飞三十八分钟了!

这四十年中,航空工程的大发展,航空工业的大发展,这是你们学工程的人都知道的。航空工业在最近三十年里已成了世界最大工业的一种。

我第一次看见飞机是在一九一二年。我第一次坐飞机是在一九三〇年(三十年前)。我第一次飞过太平洋是在二十三年前(1937);第一次飞过大西洋在十五年前。当我第一次飞渡太平洋的时候,从香港到旧金山总共费了七天!去年我第一次坐Jet机,从旧金山到纽约,五个半钟点飞了三千英里!下月初,我又得飞过太平洋,中午起飞,当天晚上就到美国西岸了!

五十七年前,Kitty Hawk沙滩上两个脚踏车修理匠人自造的一个飞机居然在空中飞起了十二秒钟,那十二秒钟的飞行就给人类打开了一个新的时代——打开了人类的航空时代。

这不够叫我们深信"努力不会白费"的人生观吗?

古人说:"信心可以移山。"(Faith moves mountains)又说:"功不唐捐。"(唐是空的意思)又说:"只要功夫深,生铁磨成绣花针。"

青年的朋友,你们有这种信心没有?

一九六〇年

新思潮的意义

一

近来报纸上发表过几篇解释"新思潮"的文章,我读了这几篇文章,觉得他们所举出的新思潮的性质,或太琐碎,或太笼统,不能算做新思潮运动的真确解释,也不能指出新思潮的将来趋势。即如包世杰先生的《新思潮是什么》一篇长文,列举新思潮的内容,何尝不详细?但是他究竟不曾使我们明白那种种新思潮的共同意义是什么。比较最简单的解释要算我的朋友陈独秀先生所举出的《新青年》两大罪案——其实就是新思潮的两大罪案——一是拥护德莫克拉西先生(民治主义),一是拥护赛因斯先生(科学)。陈先生说:

> 要拥护那德先生,便不得不反对孔教、礼法、贞节、旧伦理、旧政治。要拥护那赛先生,便不得不反对旧艺术、旧

宗教。要拥护德先生，又要拥护赛先生，便不得不反对国粹和旧文学。

这话虽然很简明，但是还嫌太笼统了一点。假使有人问："何以要拥护德先生和赛先生便不能不反对国粹和旧文学呢？"答案自然是："因为国粹和旧文学同是德赛两位先生反对的。"又问："何以凡德赛两位先生反对的东西都该反对呢？"这个问题可就不是几句笼统简单的话所能回答的了。

据我个人的观察，新思潮的根本意义只是一种新态度。这种新态度可叫做"评判的态度"。

评判的态度，简单说来，只是凡事要重新分别一个好与不好。仔细说来，评判的态度含有几种特别的要求：

（一）对于习俗相传下来的制度风俗，要问："这种制度现在还有存在的价值吗？"

（二）对于古代遗传下来的圣贤教训，要问："这句话在今日还是不错吗？"

（三）对于社会上糊涂公认的行为与信仰，都要问："大家公认的，就不会错了吗？人家这样做，我也该这样做吗？难道没有别样做法比这个更好，更有理，更有益的吗？"

尼采说现今时代是一个"重新估定一切价值"（Transvaluation of All Values）的时代。"重新估定一切价值"八个字便是评判态度的最好解释。从前的人说妇女的脚越小越美。现在我们不但不认小脚为"美",简直说这是"惨无人道"了。十年前,人家和店家都用鸦片烟敬客。现在鸦片烟变成犯禁品了。二十年前,康有为是洪水猛兽一般的维新党。现在康有为变成老古董了。康有为并不曾变换,估价的人变了,故他的价值也跟着变了。这叫做"重新估定一切价值"。

我以为现在所谓"新思潮",无论怎样不一致,根本上同有这公共的一点:评判的态度。孔教的讨论只是要重新估定孔教的价值。文学的评论只是要重新估定旧文学的价值。贞操的讨论只是要重新估定贞操的道德在现代社会的价值。旧戏的评论只是要重新估定旧戏在今日文学上的价值。礼教的讨论只是要重新估定古代的纲常礼教在今日还有什么价值。女子的问题只是要重新估定女子在社会上的价值。政府与无政府的讨论,财产私有与公有的讨论,也只是要重新估定政府与财产等等制度在今日社会的价值。……我也不必往下数了,这些例很够证明这种评判的态度是新思潮运动的共同精神。

二

这种评判的态度,在实际上表现时,有两种趋势。一方面是讨论社会上,政治上,宗教上,文学上的种种问题。一方面是介绍西洋的新思想,新学术,新文学,新信仰。前者是"研究问题",后者是"输入学理"。这两项是新思潮的手段。

我们随便翻开这两三年以来的新杂志与报纸,便可以看出这两种的趋势。在研究问题一方面,我们可以指出:1. 孔教问题。2. 文学改革问题。3. 国语统一问题。4. 女子解放问题。5. 贞操问题。6. 礼教问题。7. 教育改良问题。8. 婚姻问题。9. 父子问题。10. 戏剧改良问题,等等。在输入学理一方面,我们可以指出《新青年》的"易卜生号"、"马克思号",《民铎》的"现代思潮号",《新教育》的"杜威号",《建设》的"全民政治"的学理,和北京《晨报》、《国民公报》、《每周评论》,上海《星期评论》、《时事新报》、《解放与改造》,广州《民风周刊》,等等杂志报纸所介绍的种种西洋新学说。

为什么要研究问题呢?因为我们的社会现在正当根本动摇的时候,有许多风俗制度,向来不发生问题的,现在因为不能适应时势的需要,不能使人满意,都渐渐的变成困难的问题,不能不彻底研究,不能不考问旧日的解决法是否错误;如果错了,错在什么地方;错误寻出了,可有什么更好的解决方法,有什么方法可以适应现时的要求。例如孔教的问题,向来不成什么问题;后来东方文化与西方文化接近,孔教的势力渐渐衰微,于是有一班信仰孔教的人妄想要用政府法令的势力来恢复孔教的尊严;却不知道这种高压的手段恰好挑起一种怀疑的反动。因此,民国四五年的时候,孔教会的活动最大,反对孔教的人也最多,孔教成为问题就在这个时候。现在大多数明白事理的人,已打破了孔教的迷梦,这个问题又渐渐的不成问题了,故安福部的议员通过孔教为修身大本的议案时,国内竟没有人睬他们了!

又如文学革命的问题。向来教育是少数"读书人"的特别权利,于大多数人是无关系的,故文字的艰深不成问题。近来教育成为全国人的公共权利,人人知道普及教育不是可少的,故渐渐的有人知道文言在教育上实在不适用,于是文言白话就成为问题了。后来有人觉得单用白话做教科书是不中用的,因为世间决没有人情愿学一种除了教科书以外便没有用处的文字。这些人主张:古文不但不配做教育的工具,并且不配做文学的利器;若要提倡国语的教育,先须提倡国语的文学。文学革命的问题就是这样发生的。现在全国教育联合会已全体一致通过小学教科书改用国语的议案,况且用国语作文章的人也渐渐的多了,这个问题又渐渐的不成问题了。

为什么要输入学理呢?这个大概有几层解释。一来呢,有些人深信中国不但缺乏炮弹兵船电报铁路,还缺乏新思想与新学术,故他们尽量的输入西洋近世的学说。二来呢,有些人自己深信某种学说,要想他传播发展,故尽力提倡。三来呢,有些人自己不能做具体的研究功夫,觉得翻译现成的学说比较容易些,故乐得做这种稗贩事业。四来呢,研究具体的社会问题或政治问题,一方面做那破坏事业,一方面做对症下药的功夫,不但不容易,并且很遭犯忌讳,很容易惹祸,故不如做介绍学说的事业,借"学理研究"的美名,既可以避"过激派"的罪名,又还可以种下一点革命的种子。五来呢,研究问题的人,势不能专就问题本身讨论,不能不从那问题的意义上着想;但是问题引申到意义上去,便不能不靠许多学理做参考比较的材料,故学理的输入往往可以帮助问题的研究。

这五种动机虽然不同,但是多少总含有一种"评判的态度",总表示对于旧有学术思想的一种不满意和对于西方的精神文明的一种新觉悟。

但是这两三年新思潮运动的历史应该给我们一种很有益的教训。什么教训呢?就是,这两三年来新思潮运动的最大成绩差不多全是研究问题的结果。新文学的运动便是一个最明白的例。这个道理很容易解释。凡社会上成为问题的问题,一定是与许多人有密切关系的。这许多人虽然不能提出什么新解决,但是他们平时对于这个问题自然不能不注意。若有人能把这个问题的各方面都细细分析出来,加上评判的研究,指出不满意的所在,提出新鲜的救济方法,自然容易引起许多人的注意。起初自然有许多人反对。但是反对便是注意的证据,便是兴趣的表示。没有人讨论,没有人反对,便是不能引起人注意的证据。研究问题的文章所以能发生效果,正为所研究的问题一定是社会人生最切要的问题,最能使人注意,也最能使人觉悟。悬空介绍一种专家学说,除了少数专门学者之外,决不会发生什么影响。但是我们可以在研究问题里面做点输入学理的事业,或用学理来解释问题的意义,或从学理上寻求解决问题的方法。用这种方法来输入学理,能使人于不知不觉之中感受学理的影响。不但如此,研究问题最能使读者渐渐地养成一种批评的态度、研究的兴趣、独立思想的习惯。十部《纯粹理性的评判》,不如一点评判的态度;十种"全民政治论",不如一点独立思想的习惯。

总起来说：研究问题所以能于短时期中发生很大的效力，正因为研究问题有这几种好处：1. 研究社会人生切要的问题最容易引起大家的注意；2. 因为问题关切人生，故最容易引起反对，但反对是该欢迎的，因为反对便是兴趣的表示，况且反对的讨论不但给我们许多不要钱的广告，还可使我们得讨论的益处，使真理格外分明；3. 因为问题是逼人的活问题，故容易使人觉悟，容易得人信从；4. 因为从研究问题里面输入的学理，最容易消除平常人对于学理的抗拒力，最容易使人于不知不觉之中受学理的影响；5. 因为研究问题可以不知不觉的养成一班研究的、评判的、独立思想的革新人才。

这是这几年新思潮运动的大教训！我希望新思潮的领袖人物以后能了解这个教训，能把全副精力贯注到研究问题上去；能把一切学理不看做天经地义，但看做研究问题的参考材料；能把一切学理应用到我们自己的种种切要问题上去；能在研究问题上面做输入学理的功夫；能用研究问题的功夫来提倡研究问题的态度，来养成研究问题的人才。

这是我对于新思潮运动的解释，这也是我对于新思潮将来的趋向的希望。

三

以上说新思潮的"评判的精神"在实际上的两种表现。现在要问："新思潮的运动对于中国旧有的学术思想，持什么态度呢?"

我的答案是:"也是评判的态度。"

分开来说,我们对于旧有的学术思想有三种态度:第一,反对盲从;第二,反对调和;第三,主张整理国故。

盲从是评判的反面,我们既主张"重新估定一切价值",自然要反对盲从。这是不消说的了。

为什么要反对调和呢?因为评判的态度只认得一个是与不是,一个好与不好,一个适与不适——不认得什么古今中外的调和。调和是社会的一种天然趋势。人类社会有一种守旧的惰性,少数人只管趋向极端的革新,大多数人至多只能跟你走半程路。这就是调和。调和是人类懒病的天然趋势,用不着我们来提倡。我们走了一百里路,大多数人也许勉强走三四十里。我们若先讲调和,只走五十里,他们就一步都不走了。所以革新家的责任只是认定"是"的一个方向走去,不要回头讲调和。社会上自然有无数懒人懦夫出来调和。

我们对于旧有的学术思想,积极的只有一个主张——就是"整理国故"。整理就是从乱七八糟里面寻出一个条理脉络来;从无头无脑里面寻出一个前因后果来;从胡说谬解里面寻出一个真意义来;从武断迷信里面寻出一个真价值来。为什么要整理呢?因为古代的学术思想向来没有条理、没有头绪、没有系统,故第一步是条理系统的整理。因为前人研究古书,很少有历史进化的眼光的,故从来不讲究一种学术的渊源,一种思想的前因后果,所以第二步是要寻出每种学术思想怎样发生,发生之后有什么影响效果。因为前人读古书,除极少数学者以外,大都是以讹传讹的谬说——如太极图、爻辰、先天图、卦气之类。——故第三步是要用科学的方法,做精确的考证,把古人的意义弄得明白清楚。因为前人对于古代的学术思想,有种种武断的成见,有种种可笑的迷信,如骂杨朱、墨翟为禽兽,却尊孔丘为德配天地,道冠古今!——故第四步是综合前三步的研究,各家都还他一个本来真面目,各家都还他一个真价值。

这叫做"整理国故"。现在有许多人自己不懂得国粹是什么东西,却偏要高谈"保存国粹"。林琴南先生作文章论古文之不当废,他说:"吾知其理而不能言其所以然!"现在许多国粹党,有几个不是这样糊涂懵懂的?这种人如何配谈国粹?若要知道什么是国粹,什么是国渣,先需要用评判的态度、科学的精神,去做一番整理国故的功夫。

四

新思潮的精神是一种评判的态度。

新思潮的手段是研究问题与输入学理。

新思潮的将来趋势,依我个人的私见看来,应该是注重研究人生社会的切要问题,应该于研究问题之中做介绍学理的事业。

新思潮对于旧文化的态度,在消极一方面是反对盲从,是反对调和;在积极一方面,是用科学的方法来做整理的功夫。

新思潮的唯一目的是什么呢？是再造文明。

文明不是笼统造成的，是一点一滴的造成的。进化不是一晚上笼统进化的，是一点一滴的进化的。现今的人爱谈"解放与改造"，须知解放不是笼统解放，改造也不是笼统改造。解放是这个那个制度的解放，这种那种思想的解放，这个那个人的解放，是一点一滴的解放。改造是这个那个制度的改造，这种那种思想的改造，这个那个人的改造，是一点一滴的改造。

再造文明的下手功夫，是这个那个问题的研究。再造文明的进行，是这个那个问题的解决。

民国八年十一月一日

易卜生主义

一

易卜生最后所作的《我们死人再生时》(*When We Dead Awaken*)一本戏里面有一段话,很可表出易卜生所作文学的根本方法。这本戏的主人翁是一个美术家,费了全副精神,雕成一幅像,名为"复活日"。这位美术家自己说他这幅雕像的历史道:

> 我那时年纪还轻,不懂得世事。我以为这"复活日"应该是一个极精致、极美的少女像,不带着一毫人世的经验,平空地醒来,自然光明庄严,没有什么过恶可除。……但是我后来那几年,懂得些世事了,才知道这"复活日"不是这样简单的,原来是很复杂的……我眼里所见的人情世故,都到我理想中来,我不能不把这些现状包括进去。我只好把这像的座子放大了,放宽了。

> 我在那座子上雕了一片曲折爆裂的地面。从那地的裂缝里,钻出来无数模糊不分明,人身兽面的男男女女。这都是我在世间亲自见过的男男女女。(二幕)

这是"易卜生主义"的根本方法。那不带一毫人世罪恶的少女像,是指那盲目的理想派文学。那无数模糊不分明,人身兽面的男男女女,是指写实派的文学。易卜生早年和晚年的著作虽不能全说是写实主义,但我们看他极盛时期的著作,尽可以说,易卜生的文学,易卜生的人生观,只是一个写实主义。一八八二年,他有一封信给一个朋友,信中说道:

> 我做书的目的,要使读者人人心中都觉得他所读的全是实事。(尺牍第一五九号)

人生的大病根在于不肯睁开眼睛来看世间的真实现状。明明是男盗女娼的社会,我们偏说是圣贤礼仪之邦;明明是赃官污吏的政治,我们偏要歌功颂德;明明是不可救药的大病,我们偏说一点病都没有!却不知道:若要病好,须先认有病;若要政治好,须先认现今的政治实在不好;若要改良社会,须先知道现今的社会实在是男盗女娼的社会!易卜生的长处,只在他肯说老实话,只在他能把社会种种腐败龌龊的实在情形写出来叫大家仔细看。他并不是爱说社会的坏处,他只是不得不说。一八八〇年,他对一个朋友说:

我无论作什么诗,编什么戏,我的目的只要我自己精神上的舒服清净。因为我们对于社会的罪恶,都脱不了干系的。(尺牍第一四八号)

因为我们对于社会的罪恶都脱不了干系,故不得不说老实话。

二

我们且看易卜生写近世的社会,说的是一些什么样的老实话。第一,先说家庭。

易卜生所写的家庭,是极不堪的。家庭里面,有四种大恶德:一是自私自利;二是依赖性,奴隶性;三是假道德,装腔做戏;四是懦怯没有胆子。做丈夫的便是自私自利的代表。他要快乐,要安逸,还要体面,所以他要娶一个妻子。正如《娜拉》戏中的郝尔茂,他觉得同他妻子有爱情是很好玩的。他叫他妻子做"小宝贝"、"小鸟儿"、"小松鼠儿"、"我的最亲爱的",等等肉麻名字。他给他妻子一点钱去买糖吃,买粉搽,买好衣服穿。他要他妻子穿得好看,打扮的标致。做妻子的完全是一个奴隶。她丈夫喜欢什么,她也该喜欢什么:她自己是不许有什么选择的。她的责任在于使丈夫欢喜。她自己不用有思想:她丈夫会替她思想。她自己不过是她丈夫的玩意儿,很像叫化子的猴子专替他变把戏引人开心的。(所以《娜拉》又名《玩物之家》。)丈夫要妻子守节,妻子却不能要丈夫守节,正如《群鬼》(Ghosts)戏里的阿尔文夫人受不过丈夫的气,跑到一个朋友家去;那位朋友是个牧师,狠教训了她一顿,说她不守妇道。但是阿尔文夫人的丈夫专在外面偷妇人,甚至淫乱他妻子的婢女;人家都毫不介意,那位牧师朋友也觉得这是男人常有的事,不足为奇!妻子对丈夫,什么都可以牺牲;丈夫对妻子,是不犯着牺牲什么的。《娜拉》戏内的娜拉因为要救她丈夫的生命,所以冒他父亲的名字,签了借据去借钱。后来事体闹穿了,她丈夫不但不肯替娜拉分担冒名的干系,还要痛骂她带累他自己的名誉。后来和平了结了,没有危险了,她丈夫又装出大度的样子,说不追究她的错处了。他得意扬扬地说道:"一个男人赦了他妻子的过犯是很畅快的事!"(《娜拉》三幕)

这种极不堪的情形,何以居然忍耐得住呢?第一,因为人都要顾面子,不得不装腔做戏,做假道德遮着面孔。第二,因为大多数的人都是没有胆子的懦夫。因为要顾面子,故不肯闹翻;因为没有胆子,故不敢闹翻。那《娜拉》戏里的娜拉忽然看破家庭是一座做猴子戏的戏台,她自己是台上的猴子。她有胆子,又不肯再装假面子,所以告别了掌班的,跳下了戏台,去干她自己的生活。那《群鬼》戏里的阿尔文夫人没有娜拉的胆子,又要顾面子,所以被她的牧师朋友一劝,就劝回头了,还是回家去尽她的"天职",守她的"妇道"。她丈夫仍旧做那种淫荡的行为。阿尔文夫人只好牺牲自己的人格,尽力把他羁縻在家。后来生下一个儿子，他母亲恐怕他在家学了他父亲的坏榜样，所以到了七岁便把他送到巴黎去。她一面要哄她丈夫在家，一面要在外边替她丈夫修名誉，一面要骗她儿子说他父亲是怎样一个正人君子。这种情形，过了十九个足年，她丈夫才死。死后，他妻子还要替他装面子，花了许多钱，造了一所孤儿院，作她亡夫的遗爱。孤儿院造成了，她把儿子唤回来参与孤儿院落成的庆典。谁知她儿子从胎里就得了他父亲的花柳病的遗毒，变成一种脑腐症，到家没几天，那孤儿院也被火烧了，她儿子的遗传病发作，脑子坏了，就成了疯人了。这是没有胆子，又要顾面子的结局。这就是腐败家庭的下场！

三

其次，且看易卜生的社会的三种大势力。那三种大势力：一是法律，二是宗教，三是道德。

第一，法律。法律的效能在于除暴去恶，禁民为非。但是法律有好处也有坏处。好处在于法律是无有偏私的；犯了什么法，就该得什么罪。坏处也在于此。法律是死板板的条文，不通人情世故；不知道一样的罪名却有几等几样的居心，有几等几样的境遇情形；同犯一罪的人却有几等几样的知识程度。法律只说某人犯了某法的某某篇某某章某某节，该得某某罪，全不管犯罪的人的知识不同，境遇不同，居心不同。《娜拉》戏里有两件冒名签字的事：一件是一个律师做的，一件是一个不懂法律的妇人做的。那律师犯这罪全由于自私自利,那妇人犯这罪全因为她要救她丈夫的性命。但是法律全不问这些区别。请看这两个"罪人"讨论这个问题:

(律师) 郝夫人,你好像不知道你犯了什么罪,我老实对你说,我犯的那桩使我一生声名扫地的事,和你所做的事恰恰相同,一毫也不多,一毫也不少。
(娜拉) 你!难道你居然也敢冒险去救你妻子的命吗?
(律师) 法律不管人的居心如何。
(娜拉) 如此说来,这种法律是笨极了。
(律师) 不问他笨不笨,你总要受他的裁判。
(娜拉) 我不相信。难道法律不许做女儿的想个法子免得他临死的父亲烦恼吗?难道法律不许做妻子的救她丈夫的命吗?我不大懂得法律,但是我想总该有这种法律承认这些事的。你是一个律师,你难道不知道有这样的法律吗?柯先生,你真是一个不中用的律师了。(《娜拉》一幕)

最可怜的是世上真没有这种入情入理的法律!

第二,宗教。易卜生眼里的宗教久已失了那种可以感化人的能力;久已变成毫无生气的仪节信条,只配口头念得烂熟,却不配使人奋发鼓舞了。《娜拉》戏里说:

(郝尔茂) 你难道没有宗教吗?

（娜拉）　我不很懂得究竟宗教是什么东西。

我只知道我进教时那位牧师告诉我的一些话。他对我说宗教是这个，是那个，是这样，是那样。（三幕）

如今人的宗教，都是如此，你问他信什么教，他就把他的牧师或是他的先生告诉他的话背给你听。他会背耶稣的祈祷文，他会念阿弥陀佛，他会背一部《圣谕广训》。这就是宗教了。

宗教的本意，是为人而作的，正如耶稣说的，"礼拜是为人造的，不是人为礼拜造的"。不料后世的宗教处处与人类的天性相反，处处反乎人情。如《群鬼》戏中的牧师，逼着阿尔文夫人回家去受那荡子丈夫的待遇，去受那十九年极不堪的惨痛。那牧师说，宗教不许人求快乐；求快乐便是受了恶魔的魔力了。他说，宗教不许做妻子的批评她丈夫的行为。他说，宗教教人无论如何总要守妇道，总须尽责任。那牧师口口声声所说是"是"的，阿尔文夫人心中总觉得都是"不是"的。后来阿尔文夫人仔细去研究那牧师的宗教，忽然大悟。原来那些教条都是假的，都是"机器造的"！（《群鬼》二幕）

但是这种机器造的宗教何以居然能这样兴旺呢？原来现在的宗教虽没有精神上的价值，却极有物质上的用场。宗教是可以利用的，是可以使人发财得意的。那《群鬼》戏里的木匠，本是一个极下流的酒鬼，卖妻卖女都肯干的。但是他见了那位道学的牧师，立刻就装出宗教家的样子，说宗教家的话，做宗教家的唱歌祈祷，把这位蠢牧师哄得滴溜溜的转。（二幕）那《罗斯马庄》(Rosmersholm)戏里面的主人翁罗斯马本是一个牧师,后来他的思想改变了,遂不信教了。他那时想加入本地的自由党,不料党中的领袖却不许罗斯马宣告他脱离教会的事。为什么呢?因为他们党里很少信教的人,故想借罗斯马的名誉来号召那些信教的人家。可见宗教的兴旺,并不是因为宗教真有兴旺的价值,不过是因为宗教有可以利用的好处罢了。

第三,道德。法律宗教既没有裁制社会的本领,我们且看"道德"可有这种本事。据易卜生看来,社会上所谓"道德"不过是许多陈腐的旧习惯。合于社会习惯的,便是道德;不合于社会习惯的,便是不道德。正如我们中国的老辈人看见少年男女实行自由结婚,便说是"不道德"。为什么呢?因为这事不合于"父母之命,媒妁之言"的社会习惯。但是这班老辈人自己讨许多小老婆,却以为是很平常的事,没有什么不道德。为什么呢?因为习惯如此。又如中国人死了父母,发出讣书,人人都说"泣血稽颡","苫块昏迷"。其实他们何尝泣血?又何尝"寝苫枕块"?这种自欺欺人的事,人人都以为是"道德",人人都不以为羞耻。为什么呢?因为社会的习惯如此,所以不道德的也觉得道德了。

这种不道德的道德,在社会上,造出一种诈伪不自然的伪君子。面子上都是仁义道德,骨子里都是男盗女娼。易卜生最恨这种人。他有一本戏,叫做《社会的栋梁》(Pillars of Society)。戏中的主人名叫褒匿,是一个极坏的伪君子;他犯了一桩奸情,却让他兄弟受这恶名,还要诬赖他兄弟偷了钱跑脱了。不但如此,他还雇了一只烂脱底的船送他兄弟出海,指望把他兄弟和一船的人都沉死在海底,可以灭口。

这样一个大奸,面子上却做得十分道德,社会上都尊敬他,称他做"全市第一个公民","公民的模范","社会的栋梁"!他谋害他兄弟的那一天,本城的公民,聚了几千人,排起队来,打着旗,奏着军乐,上他的门来表示社会的敬意,高声喊道,"褒匿万岁!社会的栋梁褒匿万岁!"

这就是道德!

四

其次,我们且看易卜生写个人与社会的关系。

易卜生的戏剧中,有一条极显而易见的学说,是说社会与个人互相损害;社会最爱专制,往往用强力摧折个人的个性,压制个人自由独立的精神;等到个人的个性都消灭了,等到自由独立的精神都完了,社会自身也没有生气了,也不会进步了。社会里有许多陈腐的习惯,老朽的思想,极不堪的迷信,个人生在社会中,不能不受这些势力的影响。有时有一两个独立的少年,不甘心受这种陈腐规矩的束缚,于是东冲西突想与社会作对。上文所说的褒匿,当少年时,也曾想和社会反抗。但是社会的权力很大,网罗很密;个人的能力有限,如何是社会的敌手?社会对个人道:"你们顺我者生,逆我者死;顺我者有赏,逆我者有罚。"那些和社会反对的少年,一个一个的都受家庭的责备,遭朋友的怨恨,受社会的侮辱驱逐。再看那些奉承社会旨意的人,一个个的都升官发财,安富尊荣了。当此境地,不是顶天立地的好汉,决不能坚持到底。所以像褒匿那般人,做了几时的维新志士,不久也渐渐的受社会同化,仍旧回到旧社会去做"社会的栋梁"了。社会如同一个大火炉,什么金银铜铁锡,进了炉子,都要熔化。易卜生有一本戏叫做《雁》(*The Wild Duck*),写一个人捉到一只雁,把它养在楼上半阁里,每天给它一桶水,让它在水里打滚游戏。那雁本是一个海阔天空逍遥自得的飞鸟,如今在半阁里关久了,也会生活,也会长得胖胖的,后来竟完全忘记了它从前那种海阔天空来去自由的乐处了!个人在社会里,就同这雁在人家半阁上一般,起初未必满意,久而久之,也就惯了,也渐渐的把黑暗世界当作安乐窝了。

社会对于那班服从社会命令,维持陈旧迷信,传播腐败思想的人,一个一个的都有重赏。有的发财了,有的升官了,有的享大名誉了。这些人有了财,有了势,有了名誉,就像老虎长了翅膀,更可横行无忌了,更可借着"公益"的名义去骗人钱财,害人生命,做种种无法无天的行为,易卜生的《社会栋梁》和《博克曼》(*John Gabriel Borkman*)两本戏的主人翁都是这种人物。他们钱赚得够了,然后掏出几个小钱来,开一个学堂,造一所孤儿院,立一个公共游戏场,"捐二十磅金去买面包给贫人吃"(用《社会的栋梁》二幕中语)。于是社会格外恭维他们,打着旗子,奏着军乐,上他们家来,大喊"社会的栋梁万岁!"

那些不懂事又不安本分的理想家,处处和社会的风俗习惯反对,是该受重罚的。执行这种重罚的机关,便是"舆论",便是大多数的"公论"。世间有一种最通行的迷信,叫做"服从多数的迷信"。人都以为多数人的公论总是不错的,易卜生绝对的不承认这种迷信。他说"多数党总在错的一边,少数党总在不错的一边"(《国民公敌》五幕)。一切维新革命,都是少数人发起的,都是大多数人所极力反对的。大多数人总是守旧麻木不仁的,只有极少数人,有时只有一个人,不满意于社会的现状,要想维新,要想革命。这种理想家是社会所最忌的。大多数人都骂他是"捣乱分子",都恨他"扰乱治安",都说他"大逆不道";所以他们用大多数的专制威权去压制那"捣乱"的理想志士,不许他开口,不许他行动自由;把他关在监牢里,把他赶出境去,把他杀了,把他钉在十字架上活活的钉死,把他捆在柴草上活活的烧死。过了几十年几百年,那少数人的主张渐渐的变成多数人的主张了,于是社会的多数人又把他们从前杀死钉死烧死的那些"捣乱分子"一个一个的重新推崇起来,替他们修墓,替他们作传,替他们立庙,替他们铸铜像,却不知道从前那种"新"思想,到了这时候,又早已成了"陈腐的"迷信!当他们替从前那些特立独行的人修墓铸铜像的时候,社会里早已发生了几个新派少数人,又要受他们杀死钉死烧死的刑罚了!所以说"多数党总是错的,少数党总是不错的"。

易卜生有一本戏叫做《国民公敌》,里面写的就是这个道理。这本戏的主人翁斯铎曼医生从前发现本地的水可以造成几处卫生浴池。本地的人听了他的话,觉得有利可图,便集了资本造了几处卫生浴池。后来四方人闻了这浴池之名,纷纷来这里避暑养病。来的人多了,本地的商业市面便渐渐发达兴旺。斯铎曼医生便做了浴池的官医。后来洗浴的人之中,忽然发生一种流行病症;经这位医生仔细考察,知道这病症是从浴池的水里来的,他便装了一瓶水寄与大学的化学师请他化验。化验出来,才知道浴池的水管安的太低了,上流的污秽,停积在浴池里,发生一种传染病的微生物,极有害于公众卫生。斯铎曼医生得了这种科学证据,便做了一篇切切实实的报告书,请浴池的董事会把浴池的水管重行改造,以免妨碍卫生。不料改造浴池须要花费许多钱又要把浴池闭歇一两年;浴池一闭歇,本地的商务便要受许多损失。所以本地的人全体用死力反对斯铎曼医生的提议。他们宁可听任那些来避暑养病的人受毒病死,却不情愿受这种金钱的损失。所以他们用大多数的专制威权压制这位说老实话的医生,不许他开口。他做了报告,本地的报馆都不肯登载。他要自己印刷,印刷局也不肯替他印。他要开会演说,全城的人都不把空屋借他做会场。后来好容易找到了一所会场,开了一个公民会议,会场上的人不但不听他的老实话,还把他赶下台去,由全体一致表决,宣告斯铎曼医生从此是国民的公敌。他逃出会场,把裤子都撕破了,还被众人赶到他家,用石头掷他,把窗户都打碎了。到了明天,本地政府革了他的官医;本地商民发了传单不许人请他看病;他的房东请他赶快搬出屋去;他的女儿在学堂教书,也被校长辞退了。这就是"特立独行"的好结果！这就是大多数惩罚少数"捣乱分子"的辣手段！

五

其次，我们且说易卜生的政治主义。易卜生的戏剧不大讨论政治问题，所以我们须要用他的《尺牍》做参考的材料。

易卜生起初完全是一个主张无政府主义的人。当普法之战（1870至1871年）时，他的无政府主义最为激烈。一八七一年，他有信与一个朋友道：

> ……个人绝无做国民的需要。不但如此，国家简直是个人的大害。请看普鲁士的国力，不是牺牲了个人的个性去买来的吗？国民都成了酒馆里跑堂的了，自然个个是好兵了。再看犹太民族：岂不是最高贵的人类吗？无论受了何种野蛮的待遇，那犹太民族还能保存本来的面目。这都因为他们没有国家的缘故。国家总得毁去。这种毁除国家的革命，我也情愿加入。毁去国家观念，单靠个人的情愿和精神上的团结做人类社会的基本——若能做到这步田地，这可算得有价值的自由起点。那些国体的变迁，换来换去，都不过是弄把戏——都不过是全无道理的胡闹。（《尺牍》第七九）

易卜生的纯粹无政府主义，后来渐渐的改变了。他亲自看见巴黎"市民政府"(Commune)的完全失败(1871),便把他主张无政府主义的热心减了许多。(《尺牍》第八一)到了一八八四年,他写信给他的朋友说,他在本国若有机会,定要把国中无权的人民联合成一个大政党,主张极力推广选举权,提高妇女的地位,改良国家教育要使脱除一切中古陋习。(《尺牍》第一五八)这就不是无政府的口气了。但是他自己到底不曾加入政党。他以为加入政党是很下流的事。(《尺牍》第一五八)他最恨那班政客,他以为"那班政客所力争的,全是表面上的权利,全是胡闹。最要紧的是人心的大革命"。(《尺牍》第七七)

易卜生从来不主张狭义的国家主义,从来不是狭义的爱国者。一八八八年,他写信给一个朋友说道:

> 知识思想略为发达的人,对于旧式的国家观念,总不满意。我们不能以为有了我们所属的政治团体便足够了。据我看来,国家观念不久就要消灭了,将来一定有人种观念起来代它。即以我个人而论,我已经过这种变化。我起初觉得我是挪威国人,后来变成斯堪丁纳维亚人(挪威与瑞典总名斯堪丁纳维亚),我现在已成了条顿人了。(《尺牍》第二〇六)

这是一八八八年的话。我想易卜生晚年临死的时候(1906),一定已进到世界主义的地步了。

六

我开篇便说过易卜生的人生观只是一个写实主义。易卜生把家庭社会的实在情形都写了出来,叫人看了动心,叫人看了觉得我们的家庭社会原来是如此黑暗腐败,叫人看了觉得家庭社会真正不得不维新革命——这就是"易卜生主义"。表面上看去,像是破坏的,其实完全是建设的。譬如医生诊了病,开了一个脉案,把病状详细写出,这难道是消极的破坏的手续吗?但是易卜生虽开了许多脉案,却不肯轻易开药方。他知道人类社会是极复杂的组织,有种种绝不相同的境地,有种种绝不相同的情形。社会的病,种类纷繁,决不是什么"包医百病"的药方所能治得好的。因此他只好开了脉案,说出病情,让病人各人自己去寻医病的药方。

虽然如此,但是易卜生生平却也有一种完全积极的主张。他主张个人须要充分发达自己的天才性;须要充分发展自己的个性。他有一封信给他的朋友白兰戴说道:

> 我所最期望于你的是一种真益纯粹的为我主义。要使你有时觉得天下只有关于我的事最要紧,其余的都算不得什么。……你要想有益于社会,最好的法子莫如把你自己这块材料铸造成器。……有的时候我真觉得全世界都像海上撞沉了船,最要紧的还是救出自己。(《尺牍》第八四)

最可笑的是有些人明知世界"陆沉",却要跟着"陆沉",跟着堕落,不肯"救出自己!"却不知道社会是个人组成的,多救出一个人便是多备下一个再造新社会的分子。所以孟轲说"穷则独善其身",这便是易卜生所说"救出自己"的意思。这种"为我主义",其实是最有价值的利人主义。所以易卜生说:"你要想有益于社会,最好的法子莫如把你自己这块材料铸造成器。"《娜拉》戏里,写娜拉抛了丈夫儿女飘然而去,也只为要"救出自己"。那戏中说:

(郝尔茂) ……你就是这样抛弃你的最神圣的责任吗?

(娜拉) 你以为我的最神圣的责任是什么?

(郝) 还等我说吗?可不是你对于你的丈夫和你的儿女的责任吗?

(娜) 我还有别的责任同这些一样的神圣。

(郝) 没有的。你且说,那些责任是什么。

(娜) 是我对于我自己的责任。

(郝) 最要紧的,你是一个妻子,又是一个母亲。

(娜) 这种话我现在不相信了。我相信第一我是一个人正同你一样——无论如何,我务必努力做一个人。

(三幕)

一八八二年,易卜生有信给朋友道:

这样生活,须使各人自己充分发展——这是人类功业顶高的一层;这是我们大家都应该做的事。(《尺牍》第一六四)

社会最大的罪恶莫过于摧折个人的个性,不使他自由发展。那本《雁》戏所写的只是一件摧残个人才性的惨剧。那戏写一个人少年时本极有高尚的志气,后来被一个恶人害得破家荡产,不能度日;那恶人又把他自己通奸有孕的下等女子配给他做妻子,从此家累日重一日,他的志气便日低一日。到了后来,他堕落深了,竟变成了一个懒人懦夫,天天受那下贱妇人和两个无赖的恭维,他洋洋得意的觉得这种生活很可以终身了。所以那本戏借一个雁做比喻:那雁在半阁上关得久了,它从前那种高飞远举的志气全消灭了。居然把人家的半阁做它的极乐国了!

发展个人的个性,须要有两个条件。第一,须使个人有自由意志。第二,须使个人担干系,负责任。《娜拉》戏中写郝尔茂的最大错处只在他把娜拉当作"玩意儿"看待,既不许她有自由意志,又不许她担负家庭的责任,所以娜拉竟没有发展她自己个性的机会。所以娜拉一旦觉悟时,恨极她的丈夫,决意弃家远去,也正为这个缘故。易卜生又有一本戏,叫做《海上夫人》(*The Lady from the Sea*),里面写一个女子哀梨妲少年时嫁给人家做后母,她丈夫和前妻的两个女儿看她年纪轻,不让她管家务,只叫她过安闲日子。哀梨妲在家觉得做这种不自由的妻子,不负责任的后母,是极没趣的事。因此她天天想跟人到海外去过那海阔天空的生活。她丈夫越不许她自由,她偏越想自由。后来她丈夫知道留她不住,只得许她自由出去。她丈夫说道:

> (丈夫) ……我现在立刻和你毁约,现在你可以有完全自由拣定你自己的路子。……现在你可以自己决定,你有完全的自由,你自己担干系。
>
> (哀梨妲) 完全自由!还要自己担干系!还担干系咧!有这么一来,样样事都不同了。

哀梨妲有了自由又自己负责任了,忽然大变了,也不想那海上的生活了,决意不跟人走了。(《海上夫人》第五幕)这是为什么呢? 因为世间只有奴隶的生活是不能自由选择的,是不用担干系的。个人若没有自由权,又不负责任,便和做奴隶一样,所以无论怎样好玩,无论怎样高兴,到底没有真正乐趣,到底不能发展个人的人格。所以哀梨妲说,有了完全自由,还要自己担干系,有这么一来,样样事都不同了。

家庭是如此,社会国家也是如此。自治的社会,共和的国家,只是要个人有自由选择之权,还要个人对于自己所行所为都负责任。若不如此,决不能造出自己独立的人格。社会国家没有自由独立的人格,如同酒里少了酒曲,面包里少了酵,人身上少了脑筋:那种社会国家决没有改良进步的希望。

所以易卜生的一生目的只是要社会极力容忍,极力鼓励斯铎曼医生一流的人物;(斯铎曼事见上文四节)要想社会上生出无数永不知足,永不满意,敢说老实话攻击社会腐败情形的"国民公敌";要想社会上有许多人都能像斯铎曼医生那样宣言道:"世上最强有力的人就是那个最孤立的人!"

社会国家是时刻变迁的,所以不能指定哪一种方法是救世的良药:十年前用补药,十年后或者须用泄药了;十年前用凉药,十年后或者须用热药了。况且各地的社会国家都不相同,适用于日本的药,未必完全适用于中国;适用于德国的药,未必适用于美国。只有康有为那种"圣人",还想用他们的"戊戌政策"来救戊午的中国;只有辜鸿铭那班怪物,还想用两千年前的"尊王大义"来施行于二十世纪的中国。易卜生是聪明人,他知道世上没有"包医百病"的仙方,也没有"施诸四海而皆准,推之百世而不悖"的真理。因此他对于社会的种种罪恶污秽,只开脉案,只说病状,却不肯下药。但他虽不肯下药,却到处告诉我们一个保卫社会健康的卫生良法。他仿佛说道:"人的身体全靠血里面有无量数的白血轮时时刻刻与人身的病菌开战,把一切病菌扑灭干净,方才可使身体健全,精神充足。社会国家的健康也全靠社会中有许多永不知足,永不满意,时刻与罪恶分子龌龊分子宣战的白血轮,方才有改良进步的希望。我们若要保卫社会的健康,须要使社会里时时刻刻有斯铎曼医生一般的白血轮分子。但使社会常有这种白血轮精神,社会决没有不改良进步的道理。"一八八三年,易卜生写信给朋友道:

十年之后,社会的多数人大概也会到了斯铎曼医生开公民大会时的见地了。但是这十年之中,斯铎曼自己也刻刻向前进;所以到了十年之后,他的见地仍旧比社会的多数人还高十年。即以我个人而论,我觉得时时刻刻总有进境。我从前每作一本戏时的主张,如今都已渐渐变成了很多数人的主张。但是等到他们赶到那里时,我久已不在那里了。我又到别处去了。我希望我总是向前去了。(《尺牍》第一七二)

        民国七年五月十六日作于北京
        民国十年四月二十六日改稿

归国杂感

我在美国动身的时候,有许多朋友对我道:"密司忒胡,你和中国别了七个足年了,这七年之中,中国已经革了三次的命,朝代也换了几个了①。真个是一日千里的进步。你回去时,恐怕要不认得那七年前的老大帝国了。"我笑着对他们说道:"列位不用替我担忧。我们中国正恐怕进步太快,我们留学生回去要不认得她了,所以她走上几步,又退回几步。她在那里回头等我们回去认旧相识呢。"

这话并不是戏言,乃是真话。我每每劝人回国时莫存大希望;希望越大,失望越大。所以我自己回国时,并不曾怀什么大希望。果然船到了横滨,便听得张勋复辟的消息。如今在中国已住了四个月了,所见所闻,果然不出我所料。七年没见面的中国还是七年前的老相识! 到上海的时候,有一天,一位朋友拉我到

---

① 胡适1910年考取官费赴美留学生,1917年毕业回国,前后七年。

大舞台去看戏。我走进去坐了两点钟,出来的时候,对我的朋友说道:"这个大舞台真正是中国的一个绝妙的缩本模型。你看这大舞台三个字岂不很新? 外面的房屋岂不是洋房? 这里面的座位和戏台上的布景装潢又岂不是西洋新式? 但是做戏的人都不过是赵如泉、沈韵秋、万盏灯、何家声、何金寿这些人。没有一个不是二十年前的旧古董! 我十三岁到上海的时候,他们已成了老角色了。如今又隔了十三年了,却还是他们在台上撑场面。这十三年造出来的新角色都到哪里去了呢? 你再看那台上做的《举鼎观画》。那祖先堂上的布景,岂不很完备? 只是那小薛蛟拿了那老头儿的书信,就此跨马加鞭,却忘记了台上布的景是一座祖先堂! 又看那出《四进士》。台上布景,明明有了门了,那宋士杰却还要做手势去关那没有的门! 上公堂时,还要跨那没有的门槛! 你看这二十年前的旧古董在二十世纪的大舞台上做戏;装上了二十世纪的新布景,却偏要做那二十年前的旧手脚! 这不是一幅绝妙的中国现势图吗?

我在上海住了十二天,在内地住了一个月,在北京住了两个月,在路上走了二十天,看了两件大进步的事:第一件是"三炮台"的纸烟,居然行到我们徽州去了;第二件是"扑克"牌居然比麻雀牌还要时髦了。"三炮台"纸烟还不算稀奇,只有那"扑克"牌何以会这样风行呢? 有许多老先生向来学 A、B、C、D 是很不行的,如今打起"扑克"来,也会说"恩德","累死","接客倭彭"了! 这些怪不好记的名词,何以会这样容易上口呢? 他们学这些名词这样容易,何以学正经的 A、B、C、D,又那样蠢呢? 我想这里面很有可以研究的道理。新思想行不到徽州,恐怕是因为新思想没有"三炮台"那样中吃吧?A、B、C、D不容易教,恐怕是因为教的人不得其法吧?

我第一次走过四马路①,就看见了三部教"扑克"的书。我心想"扑克"的书已有这许多了,那别种有用的书,自然更不少了,所以我就花了一天的工夫,专去调查上海的出版界。我是学哲学的,自然先寻哲学的书。不料这几年来,中国竟可以算得没有出过一部哲学书。找来找去,找到一部《中国哲学史》,内中王阳明②占了四大页,《洪范》③倒占了八页!还说了些"孔子既受天之命","与天地合德"的话。又看见一部《韩非子精华》,删去了《五蠹》和《显学》两篇,竟成了一部《韩非子》糟粕了。文学书内,只有一部王国维的《宋元戏曲史》是很好的。又看见一家书目上有翻译的莎士比亚剧本,找来一看,原来把会话体的戏剧,都改作了《聊斋志异》体的叙事古文!又看见一部《妇女文学史》,内中苏蕙的回文诗足足占了六十页!又看见《饮冰室丛著》内有《墨学微》一书,我是喜欢看看墨家的书的人,自然心中很高兴。不料抽出来一看,原来是任公④先生十四年前的旧作,不曾改了一个字!此外只有一部《中国外交史》,可算是一部好书,如今居然

---

① 上海旧时路名,现在福州路。
② 王阳明(1472—1529):名守仁,明代哲学家。
③《洪范》:《尚书》中《周书》的一篇。
④ 梁启超(1873—1929):字卓如,号任公,中国近代哲学家、思想家,著有《饮冰室丛著》。

到了三版了。这件事还可以使人乐观。此外那些新出版的小说,看来看去,实在找不出一部可看的小说。有人对我说,如今最风行的是一部《新华春梦记》,这也可以想见中国小说界的程度了。

总而言之,上海的出版界——中国的出版界——这七年来简直没有两三部以上可看的书!不但高等学问的书一部都没有,就是要找一部轮船上火车上消遣的书,也找不出!(后来我寻来寻去,只寻得一部吴稚晖①先生的《上下古今谈》,带到芜湖路上去看。)我看了这个怪现状,真可以放声大哭。如今的中国人,肚子饿了,还有些施粥的厂把粥给他们吃。只是那些脑子叫饿的人可真没有东西吃了。难道可以拿《九尾龟》、"十尾龟"来充饥吗?

中文书籍既是如此,我又去调查现在市上最通行的英文书籍。看来看去,都是些什么莎士比亚的《威匿思商》、《麦克白传》②,阿狄生③的《文报选录》,戈司密④的《威克斐牧师》,欧文⑤的《见闻杂记》……大概都是些十七世纪十八世纪的书。内中有几部十九世纪的书,也不过是欧文、迭更司⑥、司各脱⑦、麦考

---

① 吴稚晖(1865—1953):中国近代思想家。
② 即《威尼斯商人》和《麦克白》。
③ 阿狄生(Joseph Addision,1672—1719):英国散文家、诗人、政治家。
④ 即哥尔德斯密斯(O. Goldsmith,1730—1774):美国作家。
⑤ 欧文(W. Irving,1783-1859):美国作家。
⑥ 即狄更斯。
⑦ 即司各特(W. Scott,1771-1832):英国小说家、诗人。

来①几个人的书,都是和现在欧美的新思潮毫无关系的。怪不得我后来问起一位有名的英文教习,竟连 Bernard Shaw② 的名字也不曾听见过,不要说 Tchekov 和 Andreyev 了。我想这都是现在一班教会学堂出身的英文教习的罪过。这些英文教习,只会用他们先生教过的课本。他们的先生又只会用他们先生的先生教过的课本。所以现在中国学堂所用的英文书籍,大概都是教会先生的太老师或太太老师们教过的课本!怪不得和现在的思想潮流绝无关系了。

有人说,思想是一件事,文字又是一件事,学英文的人何必要读与现代新思潮有关系的书呢?这话似乎有理,其实不然。我们中国学英文,和英国美国的小孩子学英文,是两样的。我们学西洋文字,不单是要认得几个洋字,会说几句洋话,我们的目的在于输入西洋的学术思想,所以我以为中国学校教授西洋文字,应该用一种"一箭射双雕"的方法,把"思想"和"文字"同时并教。例如教散文,与其用欧文的《见闻杂记》,或阿狄生的《文报选录》,不如用赫胥黎的《进化杂论》。又如教戏曲,与其教莎士比亚的《威匿思商》,不如用 Bernard Shaw 的 *Androcles and the Lion*③,或是 Galsworthy④ 的 *Strife* 和 *Justice*。又如教长篇的文字,与

---

① 麦考来(T. B. Macaulay,1800—1859):英国历史学家、散文家、诗人。
② 即萧伯纳。
③ 《安德罗克勒斯和狮子》,萧伯纳的剧作。
④ 高尔斯华绥(1867—1933):英国作家。下面提到的 *Strife* 和 *Justice* 是他的两部剧本(《斗争》和《正义》)。

其教麦考来的《约翰生行述》不如教弥尔的《群已权界论》①。……我写到这里,忽然想起日本东京丸善书店的英文书目。那书目上,凡是英美两国一年前出版的新书,大概都有。我把这书目和商务书馆与伊文思书馆的书目一比较,我几乎要羞死了。

我回中国所见的怪现状,最普通的是"时间不值钱"。中国人吃了饭没有事做,不是打麻雀(将),便是打"扑克"。有的人走上茶馆,泡了一碗茶,便是一天了。有的人拿一只鸟儿到处逛逛,也是一天了。更可笑的是朋友去看朋友,一坐下便生了根了,再也不肯走。有事商议,或是有话谈论,倒也罢了。其实并没有可议的事,可说的话。我有一天在一位朋友处有事,忽然来了两位客,是□□馆的人员。我的朋友走出去会客,我因为事没有完,便在他房里等他。我以为这两位客一定是来商议这□□馆中什么要事的。不料我听得他们开口道:"□□先生,今回是打津浦火车来的,还是坐轮船来的?"我的朋友说是坐轮船来的。这两位客接着便说轮船怎样不便,怎样迟缓。又从轮船上谈到铁路上,从铁路上又谈到现在中交两银行的钞洋跌价。因此又谈到梁任公的财政本领,又谈到梁士诒的行踪去迹……谈了一点多钟,没有谈上一句要紧的话。后来我等得没法了,只好叫听差去请我的朋友。那两位客还不知趣,不肯就走。我不得已,只好跑了,让我的朋友去领教他们的"二梁优劣论"吧!

---

① 穆勒的《论自由》的旧译。

美国有一位大贤名弗兰克令①(Benjamin Franklin)的,曾说道:"时间乃是造成生命的东西。"时间不值钱,生命仍然也不值钱了。上海那些拣茶叶的女工,一天拣到黑,至多不过得二百个钱,少的不过得五六十钱。茶叶店的伙计,一天做十六七点钟的工,一个月平均只拿得两三块钱!还有那些工厂的工人,更不用说了。还有那些更下等,更苦痛的工作,更不用说了。人力那样不值钱,所以卫生也不讲究,医药也不讲究。我在北京上海看那些小店铺里和穷人家里的种种不卫生,真是一个黑暗世界。至于道路的不洁净,瘟疫的流行,更不消说了。最可怪的是无论阿猫阿狗都可挂牌医病,医死了人,也没有人怨恨,也没有人干涉。人命的不值钱,真可算得到了极端了。

现今的人都说教育可以救种种的弊病。但是依我看来,中国的教育,不但不能救亡,简直可以亡国。我有十几年没到内地去了,这回回去,自然去看看那些学堂。学堂的课程表,看来何尝不完备?体操也有,图画也有,英文也有,那些国文、修身之类,更不用说了。但是学堂的弊病,却正在这课程完备上。例如我们家乡的小学堂,经费自然不充足了,却也要每年花六十块钱去请一个中学堂学生兼教英文唱歌。又花了二十块钱买一架风琴。我心想,这六十块一年的英文教习,能教什么英文?教的英文,在我们山里的小地方,又有什么用处?至于那音乐一科,更无道理了。请问那种学堂的音乐,还是可以增进"美感"呢,还

---

① 通译本杰明·弗兰克林。

是可以增进音乐知识呢？若果然要教音乐,为什么不去村乡里找一个会吹笛子唱昆腔的人来教。为什么一定要用那实在不中听的二十块钱的风琴呢？那些穷人的子弟学了音乐回家,能买得起一架风琴来练习他所学的音乐知识吗？我真是莫名其妙了。所以我在内地常说:"列位办学堂,尽不必问教育部规程是什么,须先问这块地方上最需要的是什么。譬如我们这里最需要的是农家常识、蚕桑常识、商业常识、卫生常识,列位却把修身教科书去教他们做圣贤！又把二十块钱的风琴去教他们学音乐！又请一位六十块钱一年的教习教他们的英文！列位自己想想看,这样的教育,造得出怎么样的人才？所以我奉劝列位办学堂,切莫注重课程的完备,须要注意课程的实用。尽不必去巴结视学员,且去巴结那些小百姓。视学员说这个学堂好,是没有用的。须要小百姓都肯把他们的子弟送来上学,那才是教育有成效了。"

以上说的是小学堂。至于那些中学校的成绩,更可怕了。我遇见一位省立法政学堂的本科学生,谈了一会,他忽然问道:"听说东文是和英文差不多的,这话可真吗？"我已经大诧异了。后来他听我说日本人总有些岛国习气,忽然问道:"原来日本也在海岛上吗？"……这个固然是一个极端的例。但是如今中学堂毕业的人才,高又高不得,低又低不得,竟成了一种无能的游民。这都由于学校里所教的功课,和社会上的需要毫无关涉。所以学校只管多,教育只管兴,社会上的工人、伙计、账房、警察、兵士、农夫……还只是用没有受过教育的人。社会所需要的是做事的人才，学堂所造成的是不会做事又不肯做事的人才,这种教育不是亡国的教育吗?

我说我的"归国杂感",提起笔来,便写了三四千字。说的都是些很可以悲观的话。但是我却并不是悲观的人。我以为这二十年来中国并不是完全没有进步,不过惰性太大,向前三步又退回两步,所以到如今还是这个样子。我这回回家寻出了一部叶德辉的《翼教丛编》,读了一遍,才知道这二十年的中国实在已经有了许多大进步。不到二十年前,那些老先生们,如叶德辉、王益吾之流,出了死力去驳康有为,所以这书叫做《翼教丛编》。我们今日也痛骂康有为。但二十年前的中国,骂康有为太新;二十年后的中国却骂康有为太旧。如今康有为没有皇帝可保了,很可以做一部《翼教续编》来骂陈独秀了。这两部"翼教"的书的不同之处便是中国二十年来的进步了。

民国七年一月

不 朽

——我的宗教

不朽有种种说法,但是总括看来,只有两种说法是真有区别的。一种是把"不朽"解作灵魂不灭的意思。一种就是《春秋左传》上说的"三不朽"。

一、神不灭论。宗教家往往说灵魂不灭,死后须受末日的裁判:做好事的享受天国天堂的快乐,做恶事的要受地狱的苦痛。这种说法,几千年来不但受了无数愚夫愚妇的迷信,居然还受了许多学者的信仰。但是古今来也有许多学者对于灵魂是否可离形体而存在的问题,不能不发生疑问。最重要的如南北朝人范缜的《神灭论》说:"形者神之质,神者形之用。……神之于质,犹利之于刀;形之于用,犹刀之于利。……舍利无刀,舍刀无利。未闻刀没而利存,岂容形亡而神在?"宋朝的司马光也说:"形既朽灭,神亦飘散,虽有剉烧舂磨,亦无所施。"但是司马光说的"形既朽灭,神亦飘散",还不免把形与神看作两件事,不如范缜说的更透彻。范缜说人的神灵即是形体的作用,形体便是神灵的形质。正如刀子是形质,刀子的利钝是作用;有刀子方才有利钝,没有刀子便没有利钝。人有形体方才有作用:这个作用,我们叫做"灵魂"。若没有形体,便没有作用了,便没有灵魂了。范缜这篇《神灭论》出来的时候,惹起了无数人的反对。梁武帝叫了七十几个名士作论驳他,都没有什么真有价值的议论。其中只有沈约的《难神灭论》说:"利若遍施四方,则利体无处复立;利之为用正存一边毫毛处耳。神之与形,举体若合,又安得同乎?若以此譬为尽耶,则不尽;若谓本不尽耶,则不可以为譬也。"这一段是说刀是无机体,人是有机体,故不能彼此相比。这话固然有理,但终不能推翻"神者形之用"的议论。近世唯物派的学者也说人的灵魂并不是什么无形体,独立存在的物事,不过是神经作用的总名;灵魂的种种作用都即是脑部各部分的机能作用;若有某部被损伤,某种作用即时废止;人幼年时脑部不曾完全发达,神灵作用也不能完全,老年人脑部渐渐衰耗,神灵作用也渐渐衰耗。这种议论的大旨,与范缜所说"神者形之用"正相同,但是有许多人总舍不得把灵魂打消了,所以咬住说灵魂另是一种神秘玄妙的物事,并不是神经的作用。这个"神秘玄妙"的物事究竟是什么,他们也说不出来,只觉得总应该有这么一件物事。既是"神秘玄妙",自然不能用科学试验来证明他,也不能用科学试验来驳倒他。既然如此,我们只好用实验主义(Pragmatism)的方法,看这种学说的实际效果如何,以为评判的标准。依此标准看来,信神不灭论的固然也有好人,信神灭论的也未必全是坏人。即如司马光、范缜、赫胥黎一类的人,说不信灵魂不灭的话,何尝没有高尚的道德?更进一层说,有些人因为迷信天堂,天国,地狱,末日裁判,方才修德行善,这种修行全是自私自利的,也算不得真正道德。总而言之,灵魂灭不灭的问题,于人生行为上实在没有什么重大影响;既没有实际的影响,简直可说是不成问题了。

二、三不朽说。《左传》说的三种不朽是:(一)立德的不朽,(二)立功的不朽,(三)立言的不朽。"德"便是个人人格的价值,像墨翟、耶稣一类的人,一生刻意孤行,精诚勇猛,使当时的人敬爱信仰,使千百年后的人想念崇拜。这便是立德的不朽。"功"便是事业,像哥伦布发现美洲,像华盛顿造成美洲共和国,替当时的人开一新天地,替历史开一新纪元,替天下后世的人种下无量幸福的种子。这便是立功的不朽。"言"便是语言著作,像那《诗经》三百篇的许多无名诗人,又像陶潜、杜甫、莎士比亚、易卜生一类的文学家,又像柏拉图、卢骚、弥儿顿一类的哲学家,又像牛顿、达尔文一类的科学家,或是做了几首好诗使千百年后的人欢喜感叹;或是做了几本好戏使当时的人鼓舞感动,使后世的人发愤兴起;或是创出一种新哲学,或是发明了一种新学说,或在当时发生思想的革命,或在后世影响无穷。这便是立言的不朽。总而言之,这种不朽说,不问人死后灵魂能不能存在,只问他的人格,他的事业,他的著作有没有永远存在的价值。即如基督教徒说耶稣是上帝的儿子他的神灵永远存在,我们正不用驳这种无凭据的神话,只说耶稣的人格、事业和教训都可以不朽,又何必说那些无谓的神话呢?又如孔教会的人到了孔丘的生日,一定要举行祭孔的典礼,还有些人学那"朝山进香"的法子,要赶到曲阜孔林去对孔丘的神灵表示敬意!其实孔丘的不朽全在他的人格与教训,不在他那"在天之灵"。大总统多行两次丁祭,孔教会多走两次"朝山进香",就可以使孔丘格外不朽了吗?更进一步说,像那《三百篇》里的诗人,也没有姓名,也没有事实,但是他们都可说是立言的不朽。为什么呢?因为不朽全靠一个人的真价值,并不靠姓名事实的流传,也不靠灵魂的存在。试看古今来的多少大发明家,那发明火的,发明养蚕的,发明缫丝的,发明织布的,发明水车的,发明舂米的水碓的,发明规矩的,发明秤的……虽然姓名不传,事实湮没,但他们的功业永远存在,他们也就都不朽了。这种不朽比那个人的小小灵魂的存在,可不是更可宝贵,更可羡慕吗?况且那灵魂的有无还在不可知之中,这三种不朽——德、功、言——可是实在的。这三种不朽可不是比那灵魂的不灭更靠得住吗?

以上两种不朽论,依我个人看来,不消说得,那"三不朽说"是比那"神不灭说"好得多了。但是那"三不朽说"还有三层缺点,不可不知。第一,照平常的解说看来,那些真能不朽的人只不过那极少数有道德,有功业,有著述的人。还有那无量平常人难道就没有不朽的希望吗?世界上能有几个墨翟、耶稣,几个哥伦布、华盛顿,几个杜甫、陶潜,几个牛顿、达尔文呢?这岂不成了一种"寡头"的不朽论吗?第二,这种不朽论单从积极一方面着想,但没有消极的裁制。那种灵魂的不朽论既说有天国的快乐,又说有地狱的苦楚,是积极消极两方面都顾着的。如今单说立德可以不朽,不立德又怎样呢?立功可以不朽,有罪恶又怎样呢?第三,这种不朽论所说的"德"、"功"、"言"三件,范围都很含糊。究竟怎样的人格方才可算是"德"呢?怎样的事业方才可算是"功"呢?怎样的著作方才可算是"言"呢?我且举一个例。哥伦布发现美洲固然可算得立了不朽之功,但是他船上的水手火头又怎样呢?他那只船的造船工人又怎样呢?他船上用的罗盘器械的制造工人又怎样呢?他所读的书的著作者又怎样呢?……举这一条例,已可见"三不朽"的界限含糊不清了。

因为要补足这三层缺点,所以我想提出第三种不朽论来请大家讨论。我一时想不起别的好名字,姑且称他做"社会的不朽论"。

三、社会的不朽论。社会的生命,无论是看纵剖面,是看横截面,都像一种有机的组织。从纵剖面看来,社会的历史是不断的;前人影响后人,后人又影响更后人;没有我们的祖宗和那无数的古人,又哪里有今日的我和你?没有今日的我和你,又哪里有将来的后人?没有那无量数的个人,便没有历史,但是没有历史,那无数的个人也决不是那个样子的个人:总而言之,个人造成历史,历史造成个人。从横截面看来,社会的生活是交互影响的:个人造成社会,社会造成个人;社会的生活全靠个人分工合作的生活,但个人的生活,无论如何不同,都脱不了社会的影响;若没有那样这样的社会,决不会有这样那样的我和你;若没有无数的我和你,社会也决不是这个样子,来勃尼慈(Leibnitz)

说得好：

> 这个世界乃是一片大充实，(Plenum，为真空 Vacuum 之对。)其中一切物质都是接连着的。一个大充实里面有一点变动，全部的物质都要受影响，影响的程度与物体距离的远近成正比例。世界也是如此。每一个人不但直接受他身边亲近的人的影响，并且间接又间接的受距离很远的人的影响。所以世间的交互影响，无论距离远近，都受得着的。所以世界上的人，每人受着全世界一切动作的影响。如果他有周知万物的智慧，他可以在每人的身上看出世间一切施为，无论过去未来都可看得出，在这一个现在里面便有无穷时间空间的影子。(见 *Monadology* 第六十一节)

从这个交互影响的社会观和世界观上面，便生出我所说的"社会的不朽论"来。我这"社会的不朽论"的大旨是：

我这个"小我"不是独立存在的，是和无量数小我有直接或间接的交互关系的；是和社会的全体和世界的全体都有互为影响的关系的；是和社会世界的过去和未来都有因果关系的。种种从前的因，种种现在无数"小我"和无数他种势力所造成的因，都成了我这个"小我"的一部分。我这个"小我"，加上了种种从前的因，又加上了种种现在的因，传递下去，又要造成无数将来的"小我"。这种种过去的"小我"，和种种现在的"小我"，和种种将来无穷的"小我",一代传一代,一点加一滴;一线相传,连绵不断;一水奔流,滔滔不绝——这便是一个"大我"。"小我"是会消灭的,"大我"是永远不灭的。"小我"是有死的,"大我"是永远不死,永远不朽的。"小我"虽然会死,但是每一个"小我"的一切作为,一切功德罪恶,一切语言行事,无论大小,无论是非,无论善恶,一一都永远留存在那个"大我"之中。那个"大我",便是古往今来一切"小我"的纪功碑,彰善词,罪状判决书,孝子慈孙百世不能改的恶谥法。这个"大我"是永远不朽的,故一切"小我"的事业,人格,一举一动,一言一笑,一个念头,一场功劳,一桩罪过,也都永远不朽。这便是社会的不朽,"大我"的不朽。

那边"一座低低的土墙,遮着一个弹三弦的人"。那三弦的声浪,在空间起了无数波澜;那被冲动的空气质点,直接间接冲动无数旁的空气质点;这种波澜,由近而远,至于无穷空间;由现在而将来,由此刹那以至于无量刹那,至于无穷时间——这已是不灭不朽了。那时间,那"低低的土墙"外边来了一位诗人,听见那三弦的声音,忽然起了一个念头;由这一个念头,就成了一首好诗;这首好诗传诵了许多人;人读了这诗,各起种种念头;由这种种念头,更发生无量数的念头,更发生无数的动作,以至于无穷。然而那"低低的土墙"里面那个弹三弦的人又如何知道他所发生的影响呢?

一个生肺病的人在路上偶然吐了一口痰。那口痰被太阳晒干了,化为微尘,被风吹起空中,东西飘散,渐吹渐远,至于无穷时间,至于无穷空间。偶然一部分的病菌被体弱的人呼吸进去,便发生肺病,由他一身传染一家,更由一家传染无数人家。如此辗转传染,至于无穷空间,至于无穷时间。然而那先前吐痰的人的骨头早已腐烂了,他又如何知道他所种的恶果呢?

一千五六百年前有一个人叫做范缜说了几句话道:"神之于形,犹利之于刀;未闻刀没而利存,岂容形亡而神在?"这几句话在当时受了无数人的攻击。到了宋朝有个司马光把这几句话记在他的《资治通鉴》里。一千五六百年之后,有一个十一岁的小孩子——就是我——看《通鉴》到这几句话,心里受了一大感动,后来便影响了他半生的思想行事。然而那说话的范缜早已死了一千五百年了!

二千六七百年前,在印度地方有一个穷人病死了,没人收尸,尸首暴露在路上,已腐烂了。那边来了一辆车,车上坐着一个皇太子,看见了这个腐烂发臭的死人,心中起了一念;由这一念,辗转发生无数念。后来那位皇太子把王位也抛了,富贵也抛了,父母妻子也抛了,独自去寻思一个解脱生老病死的方法。后来这位王子便成了一个教主,创了一种哲学的宗教,感化了无数人。他的影响势力至今还在;将来即使他的宗教全灭了,他的影响势力终久还存在,以至于无穷。这可是那腐烂发臭的路毙所曾梦想到的吗?

以上不过是略举几件事,说明上文说的"社会的不朽","大我的不朽"。这种不朽论,总而言之,只是说个人的一切功德罪恶,一切言语行事,无论大小好坏,一一都留下一些影响在那个

"大我"之中,——都与这永远不朽的"大我"一同永远不朽。

上文我批评那"三不朽论"的三层缺点:(一)只限于极少数的人,(二)没有消极的裁制,(三)所说"功、德、言"的范围太含糊了。如今所说"社会的不朽",其实只是把那"三不朽论"的范围更推广了。既然不论事业功德的大小,一切都可不朽,那第一第三两层短处都没有了。冠绝古今的道德功业固可以不朽,那极平常的"庸言庸行",油盐柴米的琐屑,愚夫愚妇的细事,一言一笑的微细,也都永远不朽。那发现美洲的哥伦布固可以不朽,那些和他同行的水手火头,造船的工人,造罗盘器械的工人,供给他粮食衣服银钱的人,他所读的书的著作家,生他的父母,生他父母的父母祖宗,以及生育训练那些工人商人的父母祖宗,以及他以前和同时的社会……都永远不朽。社会是有机的组织,那英雄伟人可以不朽,那挑水的,烧饭的,甚至于浴堂里替你擦背的,甚至于每天替你家掏粪倒马桶的,也都永远不朽。至于那第二层缺点,也可免去。如今说立德不朽,行恶也不朽;立功不朽,犯罪也不朽;"流芳百世"不朽,"遗臭万年"也不朽;功德盖世固是不朽的善因,吐一口痰也有不朽的恶果。我的朋友李守常先生说得好:"稍一失脚,必致遗留层层罪恶种子于未来无量的人——即未来无量的我——永不能消除,永不能忏悔。"这就是消极的裁制了。

中国儒家的宗教提出一个父母的观念,和一个祖先的观念,来做人生一切行为的裁制力。所以说,"一出言而不敢忘父母,一举足而不敢忘父母"。父母死后,又用丧礼祭礼等等见神见鬼的方法,时刻提醒这种人生行为的裁制力。所以又说,"斋明盛服,以承祭祀,洋洋乎如在其上,如在其左右"。又说,"斋三日,则见其所为斋者;祭之日,入室,僾然必有见乎其位;周还出户,肃然必有闻乎其容声;出户而听,忾然必有闻乎其叹息之声"。这都是"神道设教",见神见鬼的手段。这种宗教的手段在今日是不中用了。还有那种"默示"的宗教,神权的宗教,崇拜偶像的宗教,在我们心里也不能发生效力,不能裁制我们一生的行为。以我个人看来,这种"社会的不朽"观念很可以做我的宗教了。我的宗教的教旨是:

我这个现在的"小我",对于那永远不朽的"大我"的无穷过去,须负重大的责任;对于那永远不朽的"大我"的无穷未来,也须负重大的责任。我须要时时想着,我应该如何努力利用现在的"小我",方才可以不辜负了那"大我"的无穷过去,方才可以不遗害那"大我"的无穷未来?

(跋)这篇文章的主意是民国七年年底当我的母亲丧事里想到的。那时只写成一部分,到八年二月十九日方才写定付印。后来俞颂华先生在报纸上指出我论社会是有机体一段很有语病,我觉得他的批评很有理,故九年二月间我用英文发表这篇文章时,我就把那一段完全改过了。十年五月,又改定中文原稿,并记作文与修改的缘起于此。

多研究些问题,少谈些"主义"！[①]

本报(《每周评论》)第二十八号里,我曾说过：

> 现在舆论界大危险,就是偏向纸上的学说,不去实地考察中国今日的社会需要究竟是什么东西。那些提倡尊孔祀天的人,固然是不懂得现时社会的需要。那些迷信军国民主义或无政府主义的人,就可算是懂得现时社会的需要么？

> 要知道舆论家的第一天职,就是细心考察社会的实在情形。一切学理,一切"主义",都是这种考察的工具。有了学理作参考材料,便可使我们容易懂得所考察的情形,容易明白某种情形有什么意义,应该用什么救济的方法。

[①] 为了忠实于历史原貌,我们将本文辑录于兹。但文内的某些观点曾引起广泛争议,请读者加以批判鉴别。——编者

我这种议论,有许多人一定不愿意听。但是前几天北京《公言报》、《新民国报》、《新民报》(皆安福部①的报),和日本文的《新支那报》,都极力恭维安福部首领王揖唐②主张民生主义的演说,并且恭维安福部设立"民生主义的研究会"的办法。有许多人自然嘲笑这种假充时髦的行为。但是我看了这种消息,发生一种感想。这种感想是:"安福部也来高谈民生主义了,还不够给我们这班新舆论家一个教训吗?"什么教训呢?这可分三层说:

第一,空谈好听的"主义",是极容易的事,是阿猫阿狗都能做的事,是鹦鹉和留声机器都能做的事。

第二,空谈外来进口的"主义",是没有什么用处的。一切主义都是某时某地的有心人,对于那时那地的社会需要的救济方法。我们不去实地研究我们现在的社会需要,单会高谈某某主义,好比医生单记得许多汤头歌诀,不去研究病人的症候,如何能有用呢?

第三,偏向纸上的"主义",是很危险的。这种口头禅很容易被无耻政客利用来做种种害人的事。欧洲政客和资本家利用国家主义的流毒,都是人所共知的。现在中国的政客,又要利用某种某种主义来欺人了。罗兰夫人说:"自由自由,天下多少罪恶,都是借你的名做出的!"一切好听的主义,都有这种危险。

---

① 安福部又称安福系。北洋皖系军阀的政客集团。
② 王揖唐(1877—1948),汉奸。曾任北洋政府内务总长。

这三条合起来看,可以看出"主义"的性质。凡"主义"都是应时势而起的。某种社会,到了某时代,受了某种的影响,呈现某种不满意的现状。于是有一些有心人,观察这种现象,想出某种救济的法子。这是"主义"的缘起。主义初起时,大都是一种救时的具体主张。后来这种主张传播出去,传播的人要图简便,便用一两个字来代表这种具体的主张,所以叫他做"某某主义"。主张成了主义,便由具体的计划,变成一个抽象的名词。"主义"的弱点和危险,就在这里。因为世间没有一个抽象名词能把某人某派的具体主张都包括在里面。比如"社会主义"一个名词,马克思的社会主义和王揖唐的社会主义不同;你的社会主义和我的社会主义不同:决不是这一个抽象名词所能包括。你谈你的社会主义,我谈我的社会主义,王揖唐又谈他的社会主义,同用一个名词,中间也许隔开七八个世纪,也许隔开两三万里路,然而你和我和王揖唐都可自称社会主义家,都可用这一个抽象名词来骗人。这不是"主义"的大缺点和大危险吗?

我再举现在人人嘴里挂着的"过激主义"做一个例:现在中国有几个人知道这一个名词做何意义?但是大家都痛恨痛骂"过激主义",内务部下令严防"过激主义",曹锟①也行文严禁"过激主义",卢永祥②也出示查禁"过激主义"。前两个月,北京

---

① 曹锟(1862—1938):北洋直系军阀首领。
② 卢永祥(1867—1933):北洋皖系军阀。

有几个老官僚在酒席上叹气,说"不好了,过激派到了中国了"。前两天有一个小官僚,看见我写的一把扇子,大诧异道:"这不是过激党胡适吗?"哈哈,这就是"主义"的用处!

我因为深觉得高谈主义的危险,所以我现在奉劝新舆论界的同志道:"请你们多提出一些问题,少谈一些纸上的主义。"

更进一步说:"请你们多多研究这个问题如何解决,那个问题如何解决,不要高谈这种主义如何新奇,那种主义如何奥妙。"

现在中国应该赶紧解决的问题,真多得很。从人力车夫的生计问题,到大总统的权限问题;从卖淫问题到卖官卖国问题;从解散安福部问题到加入国际联盟问题;从女子解放问题到男子解放问题……哪一个不是火烧眉毛的紧急问题?

我们不去研究人力车夫的生计,却去高谈"社会主义";不去研究安福部如何解散,不去研究南北问题如何解决,却去高谈无政府主义;我们还要得意扬扬夸口道,我们所谈的是根本"解决"。老实说罢,这是自欺欺人的梦话,这是中国思想界破产的铁证,这是中国社会改良的死刑宣告!

为什么谈主义的人那么多,为什么研究问题的人那么少呢?这都由于一个懒字。懒的定义是避难就易。研究问题是极困难的事,高谈主义是极容易的事。比如研究安福部如何解散,研究南北和议如何解决,这都是要费工夫,挖心血,收集材料,征求意见,考察情形,还要冒险吃苦,方才可以得一种解决的意见。又没有成例可援,又没有黄梨洲、柏拉图的话可引,又没有

《大英百科全书》可查,全凭研究考察的工夫:这岂不是难事吗?高谈"无政府主义"便不同了。买一两本实社《自由录》,看一两本西文无政府主义的小册子,再翻一翻《大英百科全书》,便可以高谈无忌了:这岂不是极容易的事吗?

高谈主义,不研究问题的人,只是畏难求易,只是懒。

凡是有价值的思想,都是从这个那个具体的问题下手的。先研究了问题的种种方面的种种的事实,看看究竟病在何处,这是思想的第一步工夫。然后根据于一生经验学问,提出种种解决的方法,提出种种医药的丹方,这是思想的第二步工夫。然后用一生的经验学问,加上想象的能力,推想每一种假定的解决法,该有甚么样的效果,推想这种效果是否真能解决眼前这个困难问题。推想的结果,拣定一种假定的解决,认为我的主张,这是思想的第三步工夫。凡是有价值的主张,都是先经过这三步工夫来的。不如此,不算舆论家,只可算是抄书手。

读者不要误会我的意思。我并不是劝人不研究一切学说和一切"主义"。学理是我们研究问题的一种工具。没有学理做工具,就如同王阳明对着竹子痴坐,妄想"格物",那是做不到的事。种种学说和主义,我们都应该研究。有了许多学理做材料,见了具体的问题,方才能寻出一个解决的方法。但是我希望中国的舆论家,把一切"主义"摆在脑背后,做参考资料,不要挂在嘴上做招牌,不要叫一知半解的人拾了这些半生不熟的主义去做口头禅。

"主义"的大危险,就是能使人心满意足,自以为寻着包医百病的"根本解决",从此用不着费心力去研究这个那个具体问题的解决法了。

民国八年七月

名 教

中国是个没有宗教的国家,中国人是个不迷信宗教的民族。——这是近年来几个学者的结论。有些人听了很洋洋得意,因为他们觉得不迷信宗教是一件光荣的事。有些人听了要做愁眉苦脸,因为他们觉得一个民族没有宗教是要堕落的。

于今好了,得意的也不可太得意了,懊恼的也不必懊恼了。因为我们新发现中国不是没有宗教的:我们中国有一个很伟大的宗教。

孔教早倒霉了,佛教早衰亡了,道教也早冷落了。然而我们却还有我们的宗教。这个宗教是什么教呢? 提起此教,大大有名,他就叫做"名教"。

名教信仰什么? 信仰"名"。

名教崇拜什么? 崇拜"名"。

名教的信条只有一条:"信仰名的万能。"

"名"是什么? 这一问似乎要做点考据。《论语》里孔子说,

"必也正名乎",郑玄注:

> 正名,谓正书字也。古者曰名,今世曰字。

《仪礼·聘礼》注:

> 名,书文也。今谓之字。

《周礼·大行人》下注:

> 书名,书文字也。古曰名。

《周礼·外史》下注:

> 古曰名,今曰字。

《仪礼·聘礼》的释文说:

> 名,谓文字也。

总括起来,"名"即是文字,即是写的字。

"名教"便是崇拜写的文字的宗教;便是信仰写的字有神力,有魔力的宗教。

这个宗教,我们信仰了几千年,却不自觉我们有这样一个伟大宗教。不自觉的缘故正是因为这个宗教太伟大了,无往不在,无所不包,就如同空气一样,我们日日夜夜在空气里生活,竟不觉得空气的存在了。

现在科学进步了,便有好事的科学家去分析空气是什么,便也有好事的学者去分析这个伟大的名教。

民国十五年有位冯友兰先生发表一篇很精辟的《名教之分析》(《现代评论》第二周年纪念增刊,页一九四——一九六)。冯先生指出"名教"便是崇拜名词的宗教,是崇拜名词所代表的概念的宗教。

冯先生所分析的还只是上流社会和知识阶级所奉的"名教",它的势力虽然也很伟大,还算不得"名教"的最重部分。

这两年来,有位江绍原先生在他的"礼部"职司的范围内,发现了不少有趣味的材料,陆续在《语丝》、《贡献》几种杂志上发表。他同他的朋友们收的材料是细大不捐,雅俗无别的;所以他们的材料使我们渐渐明白我们中国民族崇奉的"名教"是个什么样子。

究竟我们这个贵教是个什么样子呢?且听我慢慢道来。

先从一个小孩生下地说起。古时小孩生下地之后,要请一位专门术家来听小孩的哭声,声中某律,然后取名字。(看江绍原《小品》百六八,《贡献》第八期,页二四。)现在的民间变简单了,只请一个算命的,排排八字,看他缺少五行之中的哪行。若缺水,便取个水旁的名字;若缺金,便取个金旁的名字。若缺火又缺土的,我们徽州人便取个"灶"字。名字可以补气禀的缺陷。

小孩命若不好,便把他"寄名"在观音菩萨的座前,取个和尚式的"法名",便可以无灾无难了。

小孩若爱啼啼哭哭,睡不安宁,便写一张字帖,贴在行人小便的处所,上写着:

> 天皇皇,地皇皇,我家有个夜哭郎。
> 过路君子念一遍,一夜睡到大天光。

文字的神力真不少。

小孩跌了一跤,受了惊骇,那是骇掉了"魂"了,须得"叫魂"。魂怎么叫呢?到那跌跤的地方,撒把米,高叫小孩子的名字,一路叫回家。叫名便是叫魂了。

小孩渐渐长大了,在村学堂同人打架,打输了,心里恨不过,便拿一条柴炭,在墙上写着诅咒他的仇人的标语:"王阿三热病打死。"他写了几遍,心上的气便平了。

他的母亲也是这样。她受了隔壁王七嫂的气,便拿一把菜刀,在刀板上剁,一面剁,一面喊"王七老婆"的名字,这便等于刮剁王七嫂了。

他的父亲也是"名教"的信徒。他受了王七哥的气,打又打他不过,只好破口骂他,骂他的爹妈,骂他的妹子,骂他的祖宗十八代。骂了便算出了气了。

据江绍原先生的考察,现在这一家人都大进步了。小孩在墙上会写"打倒阿毛"了。他妈也会喊"打倒周小妹"了。他爸爸也会贴"打倒王庆来"了。(《贡献》第九期；江绍原《小品》百七八。)

他家里人口不平安，有病的，有死的。这也有好法子。请个道士来，画几道符，大门口上贴一张，房门上贴一张，毛厕上也贴一张，病鬼便都跑掉了，再不敢进门了。画符自然是"名教"的重要方法。

死了的人又怎么办呢？请一班和尚来，念几卷经，便可以超度死者了。念经自然也是"名教"的重要方法。符是文字，经是文字，都有不可思议的神力。

死了人，要"点主"。把神主牌写好，把那"主"字上头的一点空着，请一位乡绅来点主。把一只雄鸡头上的鸡冠切破，那位赵乡绅把朱笔蘸饱了鸡冠血，点上"主"字。从此死者灵魂遂凭依在神主牌上了。

吊丧须用挽联，贺婚贺寿须用贺联；讲究的送幛子，更讲究的送祭文寿序，都是文字，都是"名教"的一部分。

豆腐店的老板梦想发大财，也有法子。请村口王老师写副门联："生意兴隆通四海，财源茂盛达三江。"这也可以过发财的瘾了。

赵乡绅也有他的梦想，所以他也写副门联："总集福荫，备致嘉祥。"

王老师虽是不通，虽是下流，但他也得写一副门联："文章华国，忠孝传家。"

豆腐店老板心里还不很满足,又去请王老师替他写一个大红春帖:"对我生财",贴在对面墙上,于是他的宝号就发财的样子十足了。

王老师去年的家运不大好,所以他今年元旦起来,拜了天地,洗净手,拿起笔来,写个红帖子:"戊辰发笔,添丁进财。"他今年一定时运大来了。

父母祖先的名字是要避讳的。古时候,父名晋,儿子不得应进士考试。现在宽的多了,但避讳的风俗还存在一般社会里。皇帝的名字现在不避讳了。但孙中山死后,"中山"尽管可用作学校地方或货品的名称,"孙文"便很少人用了;忠实同志都应该称他为"先总理"。

南京有一个大学,为了改校名,闹了好几次大风潮,有一次竟把校名牌子抬了送到大学院去。

北京下来之后,名教的信徒又大忙了。北京已改作"北平"了;今天又有人提议改南京做"中京"了。还有人郑重提议"故宫博物馆"应该改作"废宫博物院"。将来这样大改革的事业正多呢。

前不多时,南京的《京报附刊》的画报上有一张照片,标题是"军事委员会政治训练部宣传处艺术科写标语之忙碌"。图上是五六个穿中山装的青年忙着写标语,桌上,椅背上,地板上,满铺着写好了的标语,有大字,有小字,有长句,有短句。

这不过是"写"的一部分工作;还有拟标语的,有讨论审定标语的,还有贴标语的。

五月初济南事件发生以后,我时时往来淞沪铁路上,每一次四十分钟的旅行所见的标语总在一千张以上;出标语的机关至少总在七八十个以上。有写着"枪毙田中义一"的,有写着"活埋田中义一"的,有写着"杀尽矮贼"而把"矮贼"两字倒转来写,如报纸上寻人广告倒写的"人"字一样。"人"字倒写,人就会回来了;"矮贼"倒字,矮贼也就算打倒了。

现在我们中国已成了口号标语的世界。有人说,这是从苏俄学来的法子。这是很冤枉的。我前年在莫斯科住了三天,就没有看见墙上有一张标语。标语是道地的国货,是"名教"国家的祖传法宝。

试问墙上贴一张"打倒帝国主义",同墙上贴一张"对我生财"或"抬头见喜",有什么分别？ 是不是一个师父传授的衣钵？

试问墙上贴一张"活埋田中义一"同小孩子贴一张"雷打王阿毛",有什么分别？是不是一个师父传授的法宝？

试问"打倒唐生智"、"打倒汪精卫",同王阿毛贴的"阿发黄病打死",有什么分别？王阿毛尽够做老师了,何须远学莫斯科呢？

自然,在党国领袖的心目中,口号标语是一种宣传的方法,政治的武器。但在中小学生的心里,在第九十九师十五连第三排的政治部人员的心里,口号标语便不过是一种出气泄愤的法子罢了。如果"打倒帝国主义"是标语,那么,第十区的第七小学为什么不可贴"杀尽矮贼"的标语呢？ 如果"打倒汪精卫"是正当的标语,那么"活埋田中义一"为什么不是正当的标语呢？

如果多贴几张"打倒汪精卫"可以有效果,那么,你何以见得多贴几张"活埋田中义一"不会使田中义一打个寒噤呢?

故从历史考据的眼光看来,口号标语正是"名教"的正传嫡派。因为在绝大多数人的心里,墙上贴一张"国民政府是为全民谋幸福的政府"正等于门上写一条"姜太公在此",有灵则两者都应该有灵,无效则两者同为废纸而已。

我们试问,为什么豆腐店的张老板要在对门墙上贴一张"对我生财"?岂不是因为他天天对着那张纸可以过一点发财的瘾吗?为什么他元旦开门时嘴里要念"元宝滚进来"?岂不是因为他念这句话时心里感觉舒服吗?

要不然,只有另一个说法,只可说是盲从习俗,毫无意义。张老板的祖宗传下来每年都贴一张"对我生财",况且隔壁剃头店门口也贴了一张,所以他不能不照办。

现在大多数喊口号,贴标语的,也不外这两种理由:一是心理上的过瘾,一是无意义的盲从。

少年人抱着一腔热沸的血,无处发泄,只好在墙上大书"打倒卖国贼",或"打倒日本帝国主义"。写完之后,那二尺见方的大字,那颜鲁公的书法,个个挺出来,好生威武,他自己看着,血也不沸了,气也稍稍平了,心里觉得舒服的多,可以坦然回去休息了。于是他的一腔义愤,不曾收敛回去,在他的行为上与人格上发生有益的影响,却轻轻地发泄在墙头的标语上面了。

这样的发泄感情,比什么都容易,既痛快,又有面子,谁不爱做呢?一回生,二回熟,便成了惯例了,于是"五一"、"五三"、

"五四"、"五七"、"五九"、"六三"……都照样做去:放一天假,开个纪念会,贴无数标语,喊几句口号,就算做了纪念了!

于是月月有纪念,周周做纪念周,墙上处处是标语,人人嘴上有的是口号。于是老祖宗几千年相传的"名教"之道遂大行于今日,而中国遂成了一个"名教"的国家。

我们试进一步,试问,为什么贴一张"雷打王阿毛"或"枪毙田中义一"可以发泄我们的感情,可以出气泄愤呢?

这一问便问到"名教"的哲学上去了。这里面的奥妙无穷,我们现在只能指出几个有趣味的要点。

第一,我们的古代老祖宗深信"名"就是魂,我们至今不知不觉地还逃不了这种古老迷信的影响。"名就是魂"的迷信是世界人类在幼稚时代同有的。埃及人的第八魂就是"名魂"。我们中国古今都有此迷信。《封神演义》上有个张桂芳能够"呼名落马";他只叫一声"黄飞虎还不下马,更待何时!"黄飞虎就滚下五色神牛了。不幸张桂芳遇见了哪吒,喊来喊去,哪吒立在风火轮上不滚下来,因为哪吒是莲花化身,没有魂的。《西游记》上有个银角大王,他用一个红葫芦,叫一声"孙行者",孙行者答应一声,就被装进去了。后来孙行者逃出来,又来挑战,改名叫"行者孙",答应了一声,也就被装了进去!因为有名就有魂了。(参看《贡献》八期,江绍原《小品》百五四。)民间"叫魂",只是叫名字,因为叫名字就是叫魂了。因为如此,所以小孩在墙上写"鬼捉王阿毛",便相信鬼真能把阿毛的魂捉去。党部中人制定"打倒汪精卫"的标语,虽未必相信"千夫所指,无病自死";但那位贴"枪毙田中"的小学生却难保不知不觉地相信他有咒死田中的功用。

第二,我们的古代老祖宗深信"名"(文字)有不可思议的神力,我们也免不了这种迷信的影响。这也是幼稚民族的普通迷信,高等民族也往往不能免除。《西游记》上如来佛写了"唵嘛呢叭咪吽"六个字,便把孙猴子压住了一千年。观音菩萨念一个"唵"字咒语,便有诸神来见。他在孙行者手心写一个"咪"字,就可以引红孩儿去受擒。小说上的神仙妖道作法,总是"口中念念有词"。一切符咒,都是有神力的文字。现在有许多人真相信多贴几张"打倒军阀"的标语便可以打倒张作霖了。他们若不信这种神力,何以不到前线去打仗,却到吴淞镇的公共厕所墙上张贴"打倒张作霖"的标语呢?

第三,我们的古代圣贤也曾提倡一种"理智化"了的"名"的迷信,几千年来深入人心,也是造成"名教"的一种大势力。卫君要请孔子去治国,孔老先生却先要"正名"。他恨极了当时的乱臣贼子,却又"手无斧柯,奈龟山何!"所以他只好做一部《春秋》来褒贬他们:"一字之贬,严于斧钺;一字之褒,荣于华衮。"这种思想便是古代所谓"名分"的观念。尹文子说:

> 善名命善,恶名命恶。故善有善名,恶有恶名。……今亲贤而疏不肖,赏善而罚恶。贤不肖,善恶之名宜在彼;亲疏赏罚之称宜属我。……"名"宜属彼,"分"宜属我。我爱白而憎黑,韵商而舍徵,好膻而恶焦,嗜甘而逆苦。白黑商徵,

膻焦甘苦,彼之"名"也;爱憎韵舍,好恶嗜逆,我之"分"也。定此名分,则万事不乱也。

"名"是表物性的,"分"是表我的态度的。善名便引起我爱敬的态度,恶名便引起我厌恨的态度。这叫做"名分"的哲学。"名教"、"礼教"便建筑在这种哲学的基础之上。一块石头,变作了贞节牌坊,便可以引无数青年妇女牺牲她们的青春与生命去博礼教先生的一篇铭赞,或志书"列女"门里的一个名字。"贞节"是"名",羡慕而情愿牺牲,便是"分"。女子的脚裹小了,男子赞为"美",诗人说是"三寸金莲",于是几万万的妇女便拼命裹小脚了。"美"与"金莲"是"名",羡慕而情愿吃苦牺牲,便是"分"。现在人说小脚"不美",又"不人道",名变了,分也变了,于是小脚的女子也得塞棉花,充天脚了——现在的许多标语,大都有个褒贬的用意;宣传便是宣传这褒贬的用意。说某人是"忠实同志",便是教人"拥护"他。说某人是"军阀"、"土豪劣绅"、"反动"、"反革命"、"老朽昏庸",便是教人"打倒"他。故"忠实同志"、"总理信徒"的名,要引起"拥护"的分。"反动分子"的名,要引起"打倒"的分。故今日墙上的无数"打倒"与"拥护",其实都是要寓褒贬,定名分。不幸标语用的太滥了,今天要打倒的,明天却又在拥护之列了;今天的忠实同志,明天又变为反革命了。于是打到不足为辱,而反革命有人竟以为荣。于是"名教"失其作用,只成为墙上的符箓而已。

两千年前,有个九十岁的老头子对汉武帝说:"为治不在多言,顾力行何如耳。"两千年后,我也要对现在的治国者说:

  治国不在口号标语,顾力行何如耳。

一千多年前,有个庞居士,临死时留下两句名言:

  但愿空诸所有。
  慎勿实诸所无。

"实诸所无",如"鬼"本是没有的,不幸古代的浑人造出"鬼"名,更造出"无常鬼","大头鬼","吊死鬼"等等名,于是人的心里便像煞真有鬼了。我们对于现在的治国者,也想说:

  但愿实诸所有。
  慎勿实诸所无。

末了,我们也学时髦,编两句口号:

  打倒名教!
  名教扫地,中国有望!

十七,七,二

"旧瓶不能装新酒"吗

近人爱用一句西洋古话"旧瓶不能装新酒"。我们稍稍想一想,就可以知道这句话一定是翻译错了,以讹传讹,闹成了一句大笑话。一个不识字的老妈子也会笑你:"谁说旧瓶子装不了新酒?您府上装新酒的瓶子,哪一个不是老啤酒瓶子呢?您打哪儿听来的奇谈?"

这句话的英文是 No man put the new wine into old bottles,译成了"没有人把新酒装在旧瓶子里",好像一个字不错,其实是大错了。错在那个"瓶子"上,因为这句话是犹太人的古话,犹太人装酒是用山羊皮装的。这句古话出于《马可福音》第二章二十二节,全文是:

> 也没有人把新酒装在旧皮袋里,恐怕酒把皮袋裂开,酒和皮袋就都坏了。只有把新酒装在新皮袋里。

这是用一八二三年的官话译本。一八〇四年的文言译本用"旧革囊"译 Old bottles。皮袋用久了,禁不起新酒,往往要裂开。(此项装酒皮袋是用山羊皮做的,光的一面做里子。耶路撒冷人至今用这法子。)若用瓦瓶子、瓷瓶子、玻璃瓶子,就不怕装新酒了。百年前翻译《新约》的人知道这个道理,所以不用"瓶"字,而用"旧皮袋"、"旧革囊"。今人不懂得犹太人的酒囊做法,见了 Bottles 就胡乱翻做"瓶子",所以闹出"旧瓶子不能装新酒"的傻话来了。

这番话不仅仅是做"酒瓶子"的考据,其中颇有一点道理值得我们想想。

能不能装新酒,要看是旧皮袋,还是旧瓷瓶。"旧瓶不能装新酒"是错的;可是"旧皮囊装不得新酒"是不错的。

昨天在《大公报》上看见我的朋友蒋廷黻先生的星期论文,题目是"新名词,旧事情"。他的大意是说:

> 总而言之,近代的日本是拿旧名词来干新政治,近代的中国是拿新名词来玩旧政治。日本托古以维新,我们则假新以复旧。其结果的优劣,早已为世人所共知共认。推其故,我们就知道这不是偶然的。第一,旧名词如同市场上的旧货牌,已得社会信仰。……所以善于经商者情愿换货不换牌子。第二,新名词的来源既多且杂……正如市上的杂牌伪牌太多了,顾客就不顾牌子了,所以新名词既无号召之力,又使社会纷乱。第三,意态是环境的产物。……环境

不变而努力于新意态新名词的制造,所得成绩一定是皮毛。

他在这一篇里也提到"旧瓶装新酒"的西谚。他说:

> 日本人于名词不嫌其旧,于事业则求其新。他们维新的初步是尊王废藩。他们说这是复古。但是他们在这复古在标语之下建设了新民族国家。……日本政治家一把新酒搁在旧瓶子里,日本人只叹其味之美,所以得有事半功倍之效。

我想,蒋先生大概也不曾细考酒瓶子有种种的不同,日本人用的大概是瓦瓶子,瓶底子不容易沥干净,陈年老酒沥积久了,新酒装进去,也就占其余香,所以倒出来令人叹其味之美,鸦片烟鬼爱用老烟斗,吸淡巴菰的老瘾也爱用多年的老烟斗,都是同一道理。可是二三十年前,咱们中国人也曾提出不少"复古"的标语。"共和"比"尊王废藩"古的多了,据说是西历纪元前八百多年就实行过十四年的"共和";更推上去,还可以上溯尧舜的禅让。"维新"、"革命"也都有古经的根据。祭天、祀天、复辟,也都是道地的老牌子。孙中山先生也曾提出"王道"和忠孝仁爱等等老牌子。陈济棠先生和邹鲁先生在广东还正在提倡人人读《孝经》哩!奇怪的很,这些"老牌子"怎么也和"新名词"一样"无号召之力"呢?我想,大概咱们用来装新酒的,不是烧瓦,不是玻璃,只是古犹太人的"旧皮袋",所以恰恰应了犹太圣人说的"旧皮囊装不得新酒"的古话。

蒋先生说：

> 问题是这些新主义与我们这个旧社会合适不合适。

是的！这确是一个问题。
不过，同时我们也可以对蒋先生说：

> 问题是那些老牌子与我们这个新社会合适不合适。

这也是一个真实的问题。因为，无论蒋先生如何抹杀新事情，眼前的中国已不是"旧社会"一个名词能包括的了。千不该，万不该，西洋鬼子打上门来，逼我们钻进这新世界，强迫我们划一个新时代。若说我们还不够新，那是无可讳的。若说这还是一个"旧社会"，还是应该要依靠"有些旧名词的号召力"，那就未免太抹杀事实了。

平心而论，近代的日本也并不是"拿旧名词来干新政治"。因为日本的皇室在那一千二百年之中全无实权，只有空名，所以"尊王"在当日不是旧名词。因为幕府专政藩阀割据已有了七百年之久，所发"覆幕废藩"在当日也不是旧名词。这都是新政治，不是旧名词。

我们今日需要的是新政治，即是合适于今日中国的需要的政治。我们要学人家"干新政治"，不必问他们用的是新的或旧的名词。

信心与反省

这一期《独立》里有寿生先生的一篇文章,题为"我们要有信心"。在这文里,他提出一个大问题:中华民族真不行吗?他自己的答案是:我们是还有生存权的。

我很高兴我们的青年在这种恶劣空气里还能保持他们对于国家民族前途的绝大信心。这种信心是一个民族生存的基础,我们当然是完全同情的。

可是我们要补充一点:这种信心本身要建筑在稳固的基础之上,不可站在散沙之上。如果信仰的根据不稳固,一朝根基动摇了,信仰也就完了。

寿生先生不赞成那些旧人"拿什么五千年的古国哟,精神文明哟,地大物博哟,来遮丑"。这是不错的。然而他自己提出的民族信心的根据,依我看来,文字上虽然和他们不同,实质上还是和他们同样的站在散沙之上,同样的挡不住风吹雨打。例如他说:

> 我们今日之改进不如日本之速者,就是因为我们的固有文化太丰富了。富于创造性的人,个性必强,接受性就较缓。

这种思想在实质上和那五千年古国精神文明的迷梦是同样的无稽的夸大。第一,他的原则"富于创造性的人,个性必强,接受性就较缓",这个大前提就是完全无稽之谈,就是懒惰的中国士大夫捏造出来替自己遮丑的胡说。事实上恰是相反的:凡富于创造性的人必敏于模仿,凡不善模仿的人决不能创造。创造是一个最误人的名词,其实创造只是模仿到十足时的一点点新花样。古人说得最好:"太阳之下,没有新的东西。"一切所谓创造都从模仿出来。我们不要被新名词骗了。新名词的模仿就是旧名词的"学"字;"学之为言效也"是一句不磨的老话。例如学琴,必须先模仿琴师弹琴;学画必须先模仿画师作画,就是画自然界的景物,也是模仿。模仿熟了,就是学会了,工具用得熟了,方法练得细密了,有天才的人自然会"熟能生巧",这一点功夫到时的奇巧新花样就叫做创造。凡不肯模仿,就是不肯学人的长处。不肯学如何能创造?葛理略(Galileo)听说荷兰有个磨镜匠人做成了一座望远镜,他就依他听说的造法,自己制造了一座望远镜。这就是模仿,也就是创造。从十七世纪初年到如今,望远镜和显微镜都年年有进步,可是这三百年的进步,步步是模仿,也步步是创造。一切进步都是如此:没有一件创造不是先从模仿下手的。孔子说得好：

> 三人行，必有我师焉：择其善者而从之，其不善者而改之。

这就是一个圣人的模仿。懒人不肯模仿，所以决不会创造。一个民族也和个人一样，最肯学人的时代就是那个民族最伟大的时代；等到它不肯学人的时候，它的盛世已过去了，它已走上衰老僵化的时期了。我们中国民族最伟大的时代，正是我们最肯模仿四邻的时代：从汉到唐宋，一切建筑、绘画、雕刻、音乐、宗教、思想、算学、天文、工艺，哪一件里没有模仿外国的重要成分？佛教和它带来的美术建筑，不用说了。从汉朝到今日，我们的历法改革，无一次不是采用外国的新法；最近三百年的历法是完全学西洋的，更不用说了。到了我们不肯学人家的好处的时候，我们的文化也就不进步了。我们到了民族中衰的时代，只有懒劲学印度人的吸食鸦片，却没有精力学满洲人的不缠脚，那就是我们自杀的法门了。

第二，我们不可轻视日本人的模仿。寿生先生也犯了一般人轻视日本的恶习惯，抹杀日本人善于模仿的绝大长处。日本的成功，正可以证明我在上文说的"一切创造都从模仿出来"的原则。寿生说：

> 从唐以至日本明治维新，千数百年间，日本有一件事

足为中国取镜者吗?中国的学术思想在它手里去发展改进过吗?我们实无法说有。

这又是无稽的诬告了。三百年前,朱舜水到日本,他居留久了,能了解那个岛国民族的优点,所以他写信给中国的朋友说,日本的政治虽不能上比唐虞,可以说比得上三代盛世。这一个中国大学者在长期寄居之后下的考语是值得我们注意的。日本民族的长处全在他们肯一心一意的学别人的好处。他们学了中国的无数好处,但始终不曾学我们的小脚、八股文、鸦片烟。这不够"为中国取镜"吗?他们学别国的文化,无论在哪一方面,凡是学到家的,都能有创造的贡献。这是必然的道理,浅见的人都说日本的山水人物画是模仿中国的,其实日本画自有他的特点,在人物方面的成绩远胜过中国画,在山水方面也没有走上"四王"的笨路;在文学方面,他们也有很大的创造。近年已有人赏识日本的小诗了。我且举一个大家不甚留意的例子。文学史家往往说日本的《源氏物语》等作品是模仿中国唐人的小说《游仙窟》等书的。现今《游仙窟》已从日本翻印回中国来了,《源氏物语》也有了英国人卫来先生(Arthur Waley)的五巨册的译本。我们若比较这两部书,就不能不惊叹日本人创造力的伟大。如果"源氏"真是从模仿《游仙窟》出来的,那真是徒弟胜过师傅千万倍了!寿生先生原文里批评日本的工商业,也是中了成见的毒。日本今日工商业的长脚发展,虽然也受了生活程度比人低和货币低落的恩惠,但他的根基实在是全靠科学与工商业的进步。今日大阪与兰肯歇的竞争,骨子里还是新式工业与旧式工业的竞争。日本今日自造的纺织器是世界各国公认为最新最良的。今日英国纺织业也不能不购买日本的新机器了。这是从模仿到创造的最好的例子。不然,我们工人的工资比日本更低,货币平常也比日本钱更贱,为什么我们不能"与他国资本家抢商场"呢？我们到了今日,若还要抹杀事实,笑人模仿,而自居于"富于创造性者"的不屑模仿,那真是盲目的夸大狂了。

第三,再看看"我们的固有文化"是不是真的"太丰富了"。寿生和其他夸大本国固有文化的人们,如果真肯平心想想,必然也会明白这句话也是无根的乱谈。这个问题太大,不是这篇短文里所能详细讨论的,我只能指出这个比较重要之点,使人明白我们的固有文化实在是很贫乏的,谈不到"太丰富"的梦话,近代的科学文化、工业文化,我们可以撇开不谈,因为在那些方面,我们的贫乏未免太丢人了。我们且谈谈老远的过去时代罢。我们的周秦时代当然可以和希腊、罗马相提比论,然而我们如果平心研究希腊、罗马的文学、雕刻、科学、政治,单是这四项就不能不使我们感觉我们的文化的贫乏了。尤其是造型美术与算学的两方面,我们真不能不低头愧汗。我们试想想,《几何原本》的作者欧几里得(Euclid)正和孟子先后同时;在那么早的时代,在两千多年前,我们在科学上早已太落后了！(少年爱国的人何不试拿《墨子·经上篇》里的三五条几何学界说来比较《几何原本》？)从此以后,我们所有的,欧洲也都有;我们所没有的,人家所独有的,人家都比我们强。试举一个例子:欧洲有三个一千年的大学,有许多个五百年以上的大学,至今继续存在,继续发展;我们有没有?至于我们所独有的宝贝,骈文、律诗、八股、小脚、太监、姨太太、五世同居的大家庭、贞节牌坊、地狱活现的监狱、廷杖、板子夹棍的法庭……虽然"丰富",虽然"在这世界无不足以单独成一系统",究竟都是使我们抬不起头来的文物制度。即如寿生先生指出的"那更光辉万丈"的宋明理学,说起来也真正可怜!讲了七八百年的理学,没有一个理学圣贤起来指出裹小脚是不人道的野蛮行为,只见大家崇信"饿死事极小,失节事极大"的吃人礼教:请问那万丈光辉究竟照耀到哪里去了?

以上说的,都只是略略指出寿生先生代表的民族信心是建筑在散沙上面,禁不起风吹草动,就会倒塌下来的。信心是我们需要的,但无根据的信心是没有力量的。

可靠的民族信心,必须建筑在一个坚固的基础之上,祖宗的光荣自是祖宗之光荣,不能救我们的痛苦羞辱。何况祖宗所建的基业不全是光荣呢?我们要指出:我们的民族信心必须站在"反省"的唯一基础之上。反省就是要闭门思过,要诚心诚意的想,我们祖宗的罪孽深重,我们自己的罪孽深重,要认清了罪孽所在,然后我们可以用全副精力去消灾减罪。寿生先生引了一句"中国不亡是无天理"的悲叹词句,他也许不知道这句伤心的话是我十三四年前在中央公园后面柏树下对孙伏园先生说的,第二天被他记在《晨报》上,就流传至今。我说出那句话的目的,不是要人消极,是要人反省;不是要人灰心,是要人起信心,发下大宏誓来忏悔,来替祖宗忏悔,替我们自己忏悔;要发愿造新因来替代旧日种下的恶因。

今日的大患在于全国人不知耻,所以不知耻者只是因为不曾反省。一个国家兵力不如人,被人打败了,被人抢夺了一大块土地去,这不算是最大的耻辱。一个国家在今日还容许整个的省份遍种鸦片烟,一个政府在今日还要依靠鸦片烟的税收——公卖税、吸户税、烟苗税、过境税——来做政府的收入的一部分,这是最大的耻辱。一个现代民族在今日还容许他们的最高官吏公然提倡什么"时轮金刚法会"、"息灾利民法会",这是最大的耻辱。一个国家有五千年的历史,而没有一个四十年的大学,甚至于没有一个真正完备的大学,这是最大的耻辱。一个国家能养三百万不能捍卫国家的兵,而至今不肯计划任何区域的国民义务教育,这是最大的耻辱。

真诚的反省自然发生与真诚的愧耻。孟子说得好:"不耻不若人,何若人有?"真诚的愧耻自然引起向上的努力,要发宏愿努力学人家的好处,划除自家的罪恶。经过这种反省与忏悔之后,然后可以起新的信心:要信仰我们自己正是拨乱反正的人,这个担子必须我们自己来挑起。三四十年的天足运动已经差不多完全划除了小脚的风气:从前大脚的女人要装小脚,现在小脚的女人要装大脚了。风气转移得这样快,这不够坚定我们的自信心吗?

历史的反省自然使我们明了今日的失败都是因为过去的不努力,同时也可以使我们格外明了"种瓜得瓜,种豆得豆"的因果铁律。划除过去的罪孽只是割断已往种下的果。我们要收新果,必须努力造新因。祖宗生在过去的时代,他们没有我们今日的新工具,也居然能给我们留下了不少的遗产。我们今日有了祖宗不曾梦见的种种新工具,当然应该有比祖宗高明千百倍的成绩,才对得起这个新鲜的世界。日本一个小岛国,那么贫瘠的土地,那么少的人民,只因为伊藤博文、大久保利通、西乡隆盛等几十个人的努力,只因为他们肯拼命的学人家,肯拼命的用这个世界的新工具,居然在半个世纪之内一跃而为世界三五大强国之一。这不够鼓舞我们的信心吗?

反省的结果应该使我们明白那五千年的精神文明,那"光辉万丈"的宋明理学,那并不太丰富的固有文化都是无济于事的银样镴枪头。我们的前途在我们自己的手里。我们的信心应该望在我们的将来。我们的将来全靠我们下什么种,出多少力。"播了种一定会有收获,用了力决不至于白费。"——这是翁文灏先生要我们有的信心。

二十三,五,二十八

三论信心与反省

自从《独立》第一〇三号发表了那篇《信心与反省》之后,我收到了不少的讨论,其中有几篇已在《独立》登出了。我们读了这些和还有一些未发表的讨论,忍不住还要提出几个值得反复申明的论点来补充几句话。

第一个论点是:我们对于我们的"固有文化",究竟应该采取什么态度?吴其玉先生怪我"把中国文化压得太低了",寿生先生也怪我把中国文化"抑"的太过火了。他们都怕我把中国看得太低了,会造成"民族自暴自弃的心理,造成它对于其他民族屈服卑鄙的心理"。吴其玉先生说:我们"应该优劣并提。不可只看人家的长,我们的短;更应当知道我们的长,人家的短。这样我们才能有努力的勇气"。

这些责备的话,含有一种共同的心理,就是不愿意揭穿固有文化的短处,更不愿意接受"祖宗罪孽深重"的控诉。一听见有人指出"骈文、律诗、八股、小脚、太监、姨太太、贞节牌坊、地狱的监牢、板子夹棍的法庭"等等,一般自命为爱国的人们总觉得心里怪不舒服,总要想出法子来证明这些"未必特别羞辱我们",因为这些都是"不可免的现象","无论古今中外是一样的"(吴其玉先生的话)。所以吴其玉先生指出日本的"下女、男女同浴、自杀、暗杀、娼妓的风行、贿赂、强盗式的国际行为";所以寿生先生也指出欧洲中古武士的"初夜权"、"贞操锁";所以子固先生也要问:"欧洲可有一个文化系统过去没有类似小脚、太监、姨太太、骈文、律诗、八股、地狱活现的监狱、廷杖、板子夹棍的法庭一类的丑处呢?"本期《独立》有周作人先生来信,指出这又是"西洋也有臭虫"的老调。这种心理实在不是健全的心理,只是"遮羞"的一个老法门而已。从前笑话书上说:甲乙两人同坐,甲摸着身上一个虱子,有点难为情,把它抛在地上,说:"我道是个虱子,原来不是的。"乙偏不识窍,弯身下去,把虱子拾起来,说:"我道不是个虱子,原来是个虱子!"甲的做法,其实不是除虱的好法子。乙的做法,虽然可恼,至少有"实事求是"的长处。虱子终是虱子,臭虫终是臭虫,何必讳呢?何必问别人家有没有呢?

况且我原来举出的"我们所独有的宝贝":骈文、律诗、八股、小脚、太监、姨太太、五世同居的大家庭、贞节牌坊、地狱的监牢、廷杖、板子夹棍的法庭,这十一项,除姨太太外,差不多全是"我们所独有的","在这世界无不足以单独成一系统的"。高跟鞋与木屐何足以媲美小脚?"贞操锁"我在巴黎的克吕尼博物院看见过,并且带有照片回来,这不过是几个色情狂的私人的特制，万不配上比那普及全国至一千多年之久，诗人颂为"香钩"，文人尊为"金莲"的小脚。我们走遍世界，研究过初民社会，没有看见过一个文明的或野蛮的民族把他们的女人的脚裹小到三四寸，裹到骨节断折残废，而一千年公认为"美"的！也没有看见过一个文明的民族的知识阶级有话不肯老实的说，必须凑成对子，做成骈文律诗律赋八股，历一千几百年之久，公认为"美"的！无论我们如何爱护祖宗，这十项的"国粹"是洋鬼子家里搜不出来的。

况且西洋的"臭虫"是装在玻璃盒里任人研究的，所以我们能在巴黎的克吕尼博物院纵观高跟鞋的古今沿革，纵观"贞操锁"的制法，并且可以在博物院中购买精制的"贞操锁"的照片寄回来让国中人士用做"西洋也有臭虫"的实例。我们呢？我们至今可有一个历史博物馆敢于收集小脚鞋样、模型、图画，或鸦片烟灯、烟枪、烟膏，或廷杖、板子、闸床、夹棍等等极重要的文化史料，用历史演变的原理排列展览，供全国人的研究与警醒的吗？因为大家都要以为灭迹就可以遮羞，所以青年一辈人全不明白祖宗造的罪孽如何深重，所以他们不能明白国家民族何以堕落到今日的地步，也不能明白这三四十年的解放与改革的绝大成绩。不明白过去的黑暗，所以他们不认得今日的光明；不懂得祖宗罪孽的深重，所以他们不能知道这三四十年革新运动的努力并非全无效果。我们今日所以还要郑重指出八股、小脚、板子、夹棍等等罪孽，岂是仅仅要宣扬家丑？我们的用意只是要大家明白我们的脊梁上驮着那两三千年的罪孽重担，所以几十年的不十分自觉的努力还不能够叫我们海底翻身。同时我们也可以从这种历史的知识上得着一种坚强的信心：三四十年的一点点努力已可以废除三千年的太监、一千年的小脚、六百年的八股、四五百年的男娼、五千年的酷刑，这不够使我们更决心向前努力吗！西洋人把高跟鞋、细腰模型、贞操锁都装置在博物院里，任人观看，叫人明白那个"美德造成的黄金世界"原来不在过去，而在那辽远的将来。这正是鼓励人们向前努力的好方法，是我们青年人不可不知道的。

固然，博物院里同时也应该陈列先民的优美成绩，谈固有文化的也应该如吴其玉先生说的"优劣并提"。这虽然不是我们现在讨论的本题（本题是"我们的固有文化真是太丰富了吗"），我们也可以在此谈谈。我们的固有文化究竟有什么"优""长"之处呢？我是研究历史的人，也是个有血气的中国人，当然也时常想寻出我们这个民族的固有文化的优长之处。但我寻出来的长处实在不多，说出来一定叫许多青年人失望。依我的愚见，我们的固有文化有三点是可以在世界上占数一数二的地位的：第一是我们的语言的"文法"是全世界最容易最合理的。第二是我们的社会组织，因为脱离封建时代最早，所以比较的是很平等的，很平民化的。第三是我们的先民，在印度宗教输入以前，他们的宗教比较的是最简单的，最近人情的；就在印度宗教势力盛行之后，还能勉力从中古宗教之下爬出来，勉强建立一个人世的文化；这样的宗教迷信的比较薄弱，也可算是世界稀有的。然而这三项都夹杂着不少的有害的成分，都不是纯粹的长处。文法是最合理的简易的,可是文学的形体太繁难,太不合理了。社会组织是平民化了,同时也因为没有中坚的主力,所以缺乏领袖,又不容易组织,弄成一个一盘散沙的国家;又因为社会没有重心,所以一切风气都起于最下层而不出于最优秀的分子,所以小脚起于舞女,鸦片起于游民,一切赌博皆出于民间,小说戏曲也皆起于街头弹唱的小民。至于宗教,因为古代的宗教太简单了,所以中间全国投降了印度宗教,造成了一个长期的黑暗迷信的时代,至今还留下了不少的非人生活的遗痕——然而这三项究竟还是我们在这个世界上最特异的三点:最简易合理的文法、平民化的社会构造、薄弱的宗教心。此外,我想了二十年,实在想不出什么别的优长之点了。如有别位学者能够指出其他的长处来,我当然很愿意考虑的。(这个问题当然不是一段短文所能讨论的,我在这里不过提出一个纲要而已。)

所以,我不能不被逼上"固有文化实在太不丰富"之结论了。我以为我们对于固有的文化,应该采取历史学者的态度,就是"实事求是"的态度。一部文化史平铺放着,我们可以平心细看:如果真是丰富,我们又何苦自讳其丰富?如果真是贫乏,我们也不必自讳其贫乏。如果真是罪孽深重,我们也不必自讳其罪孽深重。"实事求是",才是最可靠的反省。自认贫乏,方才肯死心塌地的学;自认罪孽深重,方才肯下决心去消除罪愆。如果因为发现了自家不如人,就自暴自弃了,那只是不肖的纨绔子弟的行径,不是我们的有志青年应该有的态度。

话说长了,其他的论点不能详细讨论了,姑且讨论第二个论点,那就是模仿与创造的问题。吴其玉先生说文化进步发展的方式有四种:1.模仿,2.改进,3.发明,4.创作。这样分法,初看似乎有理,细看是不能成立的。吴先生承认"发明"之中"很多都由模仿来的"。"但也有许多与旧有的东西毫无关系的"。其实没有一件发明不是由模仿来的。吴先生举了两个例:一是瓦特的蒸汽力,一是印字术。他若翻开任何可靠的历史书,就可以知道这两件也是从模仿旧东西出来的。印字术是模仿抄写,这是最明显的事:从抄写到刻印章,从刻印章到刻印版画,从刻印版画到刻印符咒短文,逐渐进到刻印大部书,又由刻版进到活字排印,历史具在,哪一个阶段不是模仿前一个阶段而添上的一点新花样?瓦特的蒸汽力,也是从模仿来的。瓦特生于一七三六年,他用的是牛可门(Newcomen)的蒸汽机,不过加上第二个凝冷器及其他修改而已。牛可门生于一六六三年,他用了同时人萨维里(Savery)的蒸汽机,牛、萨两人又都是根据法国人巴平(Denis Papin)的蒸汽唧筒。巴平又是模仿他的老师荷兰人胡根斯(Huygens)的空气唧筒的(Kaempffert: *Modern Wonder Workers*)。吴先生举的两个"发明"的例子,其实都是我所说的"模仿到十足时的一点新花样"。吴先生又说:"创作也须靠模仿为入手,但只模仿是不够的。"这和我的说法有何区别?他把"创作"归到"精神文明"方面,如美术、音乐、哲学等。这几项都是"模仿以外,还须有极高的开辟天才和独立的精神"。我的说法并不曾否认天才的重要。我说的是:

模仿熟了,就是学会了,工具用的熟了,方法练的细密了,有天才的人自然会"熟能生巧",这一点功夫到时的奇巧新花样就叫做创造。

吴先生说,"创造须由模仿入手";我说,"一切所谓创造都从模仿出来"。我看不出有一丝一毫的分别。

如此看来,吴先生列举的四个方式,其实只有一个方式:一切发明创作都从模仿出来。没有天才的人只能死板的模仿;天才高的人,功夫到时,自然会改善一点,改变的稍多一点。新花样添的多了,就好像是一件发明或创作了,其实还只是模仿功夫深时添上的一点新花样。

这样的说法,比较现时一切时髦的创造论似乎要减少一点弊窦。今日青年人的大毛病是误信"天才"、"灵感"等等最荒谬的观念,而不知天才没有功力只能蹉跎自误,一无所成。世界大发明家爱迭生说得最好:"天才(Genius)是一分神来,九十九分汗下。"他所谓"神来"(Inspiration),即是玄学鬼所谓"灵感"。用血汗苦功到了九十九分时,也许有一分的灵巧新花样出来,那就是创作了。颓废懒惰的人,痴待"灵感"之来,是终无所成的。

寿生先生引孔子的话:"吾尝终日不食,终夜不寝,以思无益,不如学也。"这一位最富于常识的圣人的话是值得我们大家想想的。

二十三,六,二十五

整整三年了!

前几天,政府训令各直辖机关,颁行中央执行委员会规定的"九一八"第三周年的纪念办法。那个纪念办法包括全国停止娱乐,各机关集会纪念,此外还要

> 全体党务公务人员,各学校,各商店,各住户,于是日上午十一点钟停止工作五分钟,起立默念,誓雪国耻,并对抗日死亡将士及殉难同胞致沉痛之哀悼。

明天是"九一八"的三周年了,我们不知道全国国民中有多少人能够实行这五分钟的纪念。这样简单的纪念是最庄严,同时又是最不容易实行的。我现在说一件我生平最受感动的一个纪念日的故事。

一九二六年十一月十一日,我到英国康桥大学去讲演。那天是欧洲大战的"停战纪念"(Armistice day),学校并不停课。向

来的纪念方式是上午十一点钟,一切工作全停止一分钟。在最热市的街上,钟敲十一点时,教堂敲钟,一切汽车行人全停住,男人都脱下帽子,一切人都低下头来,静默一分钟。这是每年在参战各国处处看得见的庄严的纪念。

我在那一天看见了一件平常不容易看见的更庄严的停战纪念礼。我到了康桥,住在克赖斯特学院里,院长薛勃莱先生(Sir Arthur Shipley)把他的书房让给我预备我的讲稿,他说:"我不来惊扰你。不幸这天花板上的油漆正在修理,有个匠人要上去油漆,他不会打扰你的工作。"我谢了他,他走出去了;我打开我的手提包,就在那个历史悠久的书房里修改我的稿子。那个工人在梯子上做他的工作。房子里一点声响都没有。到了十一点钟,我听得外面钟楼上打钟,抬起头来,只见那个老工人提了一桶油漆,正走上梯子去。他听见了钟声,一只手扶住梯子,一只手提着漆桶,停在梯子中间,低下头来默祷。过了一分钟,钟楼上二次打钟,他才抬起头来,提着油漆桶上去,继续他的工作。

我看见那个穿着油污罩衣的老工人停住在梯子半中间低头默祷,我的鼻子一酸,眼睛里掉下两滴眼泪来。那个老工人也许是在纪念他的战死的儿子,也许是在哀悼他的战死的弟兄。但是他那"不欺暗室"的独自低头默祷,是那全欧洲同一天同一时间的悲哀的象征,是一个教育普及的文明民族哀悼死者的最庄严的象征。五十万陆军的大检阅,欧洲最伟大的政治家的纪念演说,都比不上那个梯子半中间的那个白发工人的低头一刹那间的虔敬的庄严!

我每次在中国报纸上读到各种纪念月的仪式和演说,总想到薛勃莱院长书房里那个老工人。今天,在"九一八"的三周年纪念的前夕,我更想到他。我想到我们国内的一切纪念典礼的虚伪,一切纪念演说的空虚烂熟;我想到每年许多纪念假期的无意义与浪费;我更想到全国真能诚恳纪念国家的耻辱与危难的人数之少的可怕!

我用十分诚意敬告全国的同胞:这种浅薄空虚无意义的纪念是丝毫无用处的。我们在这一个绝大惨痛的纪念日,只有一个态度是正当的:那就是深刻的反省。

我们应该反省:为什么我们这样不中用?为什么我们事事不如人?为什么我们倒霉到这样地步?

我们应该反省:鸦片之战到如今九十四年了;安南之战到如今整整五十年了;中日之战到如今整整四十年了;日俄之战到如今整整三十年了。我们受的耻辱不算不大,刺激不算不深了。这几十年的长久时间,究竟我们糟蹋在什么上面去了?

我们应该反省:"九一八"之事到如今三个整年了,这一千多日之中,究竟我们可曾作什么忏悔的努力?可曾做什么补救的努力?可曾作什么有实效的改革?

我们应该反省:从今天起,我们应该从什么方向去准备我们自己,训练我们自己?我们应该怎样加速我们个人和国家民族的进步,才可以挽救眼前的危亡,才可以洗刷过去的耻辱?

古人说的最明白:"不耻不若人,何若人有?"反省的第一义是自耻事事不如人。反省的第二义是自耻我们既不如人又还不知耻,白白把八九十年的光阴费在白昼做梦里。反省的第三义是要认清我们必须补救的缺陷,认清我们必须赶做的工作,努力做去,拼命做去。

我们必须彻底的觉悟:一个民族的兴盛,一个国家的强力,都不是偶然的,都是长期努力的必然结果。我们必须下种,方有收获;必须努力,才有长进。

我们今日必须彻底的觉悟:"九一八"的国难,还不算最大的国难;东北四省的沦亡,还不够满足我们的敌人的大欲,还不够购买暂时的苟安!我们如果不能努力赶做我们必须做的工作,更大的"九一八"就要来到;全国沦亡的危机就在不远的将来!(你若不信,请看本期小招先生的《强暴下的罪恶!》。)

但是我们也不必自馁。工作是不负人的,努力是不会白费的。努力一分,就有一分的效果;努力十分,就有十分的效果。只有努力做工是我们唯一可靠的生路。

从今以后,我们如果真要纪念"九一八"的国难,我们也应该学那个康桥工人,在一声不响的本分工作中间,想起了国家过去的奇耻和当前的危机,可以低下头来,静默一分钟,然后抬起头来,继续我们的工作——用更大的兴奋,继续我们的工作。

廿三,九,一七夜

写在孔子诞辰纪念之后

我们家乡有句俗话说:"做戏无法,出个菩萨。"编戏的人遇到了无法转变的情节,往往请出一个观音菩萨来解围救急。这两年来,中国人受了外患的刺激,颇有点手忙脚乱的情形,也就不免走上了"做戏无法,出个菩萨"的一条路。这本是人之常情。西洋文学批评史也有 deus ex machina 的话,译出来也可说"解围无计,出个上帝"。本年五月里美国奇旱,报纸上也曾登出旱区妇女孩子跪着祈祷求雨的照片。这都是穷愁呼天的常情,其可怜可恕,和今年我们国内许多请张天师求雨或请班禅喇嘛消灾的人,是一样的。

这种心理,在一般愚夫愚妇的行为上表现出来,是可怜而可恕的;但在一个现代政府的政令上表现出来,是可怜而不可恕的。现代政府的责任在于充分运用现代科学的正确知识,消极的防患除弊,积极的兴利惠民。这都是一点一滴的工作,一尺一步的旅程,这里面绝对没有一条捷径可以偷渡。然而我们观察近年我们当政的领袖好像都不免有一种"做戏无法,出个菩萨"的心理,想寻求一条救国的捷径,想用最简单的方法做到一种复兴的灵迹。最近政府忽然手忙脚乱的恢复了纪念孔子诞辰的典礼,很匆遽的颁布了礼节的规定。八月二十七日,全国都奉命举行了这个孔诞纪念的大典。在每年许多个先烈纪念日之中加上一个孔子诞辰的纪念日,本来不值得我们的诧异。然而政府中人说这是"倡导国民培养精神上之人格"的方法;舆论界的一位领袖也说:"有此一举,诚足以奋起国民之精神,恢复民族的自信。"难道世间真有这样简便的捷径吗?

我们当然赞成"培养精神上之人格","奋起国民之精神,恢复民族的自信"。但是古人也曾说过:"礼乐所由起,百年积德而后可兴也。"国民的精神,民族的信心,也是这样的;他的颓废不是一朝一夕之故,他的复兴也不是虚文口号所能做到的。"洙水桥前,大成殿上,多士济济,肃穆趋跄?"(用八月二十七日《大公报》社论中语)四方城市里,政客军人也都率领着官吏士民,济济跄跄的行礼,堂堂皇皇的演说——礼成祭毕,纷纷而散,假期是添了一日,口号是添了二十句,演讲词是多出了几篇,官吏学生是多跑了一趟,然在精神的人格与民族的自信上,究竟有丝毫的影响吗?

那一天《大公报》的社论有这样一段议论:

> 最近二十年,世变弥烈,人欲横流,功利思想如水趋壑,不特仁义之说为俗诽笑,即人禽之判亦几以不明,民族

的自尊心与自信力既已荡然无存,不待外侮之来,国家固早已濒于精神幻灭之域。

如果这种诊断是对的,那么,我们的民族病不过起于"最近二十年",这样浅的病根,应该是很容易医治的了。可惜我们平日敬重的这位天津同业先生未免错读历史了。《官场现形记》和《二十年目睹之怪现状》描写的社会政治情形,不是中国的实情吗?是不是我们得把病情移前三十年呢?《品花宝鉴》以至《金瓶梅》描写的也不是中国的社会政治吗? 这样一来,又得挪上三五百年了。那些时代,孔子是年年祭的,《论语》、《孝经》、《大学》是村学儿童人人读的,还有士大夫讲理学的风气哩! 究竟那每年"洙水桥前,大成殿上,多士济济,肃穆趋跄",曾何补于当时的惨酷的社会,贪污的政治?

我们回想到我们三十年前在村学堂读书的时候,每年开学是要向孔夫子叩头礼拜的;每天放学,拿了先生批点过的习字,是要向中堂(不一定有孔子像)拜揖然后回家的。至今回想起来,那个时代的人情风尚也未见得比现在高多少。在许多方面,我们还可以确定的说:"最近二十年"比那个拜孔夫子的时代高明的多多了。这二三十年中,我们废除了三千年的太监,一千年的小脚,六百年的八股,四五百年的男娼,五千年的酷刑,这都没有借重孔子的力量。八月二十七那一天汪精卫先生在中央党部演说,也指出"孔子没有反对纳妾,没有反对蓄奴婢;如今呢,纳妾蓄奴婢,虐待之固是罪恶,善待之亦是罪恶,根本纳妾蓄奴婢便是罪恶"。汪先生的解说是："仁是万古不易的,而仁的内容与条件是与时俱进的。"这样的解说毕竟不能抹煞历史的事实。事实是"最近"几年中,丝毫没有借重孔夫子,而我们的道德观念已进化到承认"根本纳妾蓄奴婢便是罪恶"了。

平心说来,"最近二十年"是中国进步最速的时代；无论在知识上,道德上,国民精神上,国民人格上,社会风俗上,政治组织上,民族自信力上,这二十年的进步都可以说是超过以前的任何时代。这时期中自然也有不少的怪现状的暴露,劣根性的表现,然而种种缺陷都不能减损这二十年的总进步的净赢余。这里不是我们专论这个大问题的地方。但我们可以指出这个总进步的几个大项目：

第一,帝制的推翻。而几千年托庇在专制帝王之下的城狐社鼠——一切妃嫔,太监,贵胄,吏胥,捐纳——都跟着倒了。

第二,教育的革新。浅见的人在今日还攻击新教育的失败,但他们若平心想想旧教育是些什么东西,有些什么东西,就可以明白这二三十年的新教育,无论在量上或质上都比三十年前进步至少千百倍了。在消极方面,因旧教育的推倒,八股、骈文、律诗等等谬制都逐渐跟着倒了；在积极方面,新教育虽然还肤浅,然而常识的增加,技能的增加,文字的改革,体育的进步,国家观念的比较普遍,这都是旧教育万不能做到的成绩。(汪精卫先生前天曾说："中国号称以孝治天下,而一开口便侮辱人的母亲,甚至祖宗妹子等。"试问今日受过小学教育的学生还有这种开口骂人妈妈妹子的国粹习惯吗？)

第三，家庭的变化。城市工商业与教育的发展使人口趋向都会，受影响最大的是旧式家庭的崩溃，家庭变小了，父母公婆与族长的专制威风减削了，儿女宣告独立了。在这变化的家庭中，妇女的地位的抬高与婚姻制度的改革是五千年来最重大的变化。

第四，社会风俗的改革。小脚，男娼，酷刑等等，我已屡次说过了。在积极方面，如女子的解放，如婚丧礼俗的新试验，如青年对于体育运动的热心，如新医学及公共卫生的逐渐推行，这都是古代圣哲所不曾梦见的大进步。

第五，政治组织的新试验。这是帝制推翻的积极方面的结果。二十多年的试验虽然还没有做到满意的效果，但在许多方面（如新式的司法，如警察，如军事，如胥吏政治之变为士人政治）都已明白的显出几千年来所未曾有的成绩。不过我们生在这个时代，往往为成见所蔽，不肯承认罢了。单就最近几年来颁行的新民法一项而论，其中含有无数超越古昔的优点，已可说是一个不流血的绝大社会革命了。

这些都是毫无可疑的历史事实，都是"最近二十年"中不曾借重孔夫子而居然做到的伟大的进步。革命的成功就是这些，维新的成绩也就是这些。可怜无数维新志士，革命仁人，他们出了大力，冒了大险，替国家民族在二三十年中做到了这样超越前圣，凌驾百王的大进步，到头来，被几句死书迷了眼睛，见了黑旋风不认得是李逵，反倒唉声叹气，发思古之幽情，痛昔今之不如古，梦想从那"荆棘丛生，檐角倾斜"的大成殿里抬出孔圣人来"卫我宗邦,保我族类"! 这岂不是天下古今最可怪笑的愚笨吗?

文章写到这里,有人打岔道:"喂,你别跑野马了。他们要的是'国民精神上之人格,民族的自信。'在这'最近二十年'里,这些项目也有进步吗? 不借重孔夫子,行吗?"

什么是人格? 人格只是已养成的行为习惯的总和。什么是信心? 信心只是敢于肯定一个不可知的将来的勇气。在这个时代,新旧势力,中西思潮,四方八面的交攻,都自然会影响到我们这一辈人的行为习惯,所以我们很难指出某种人格是某一种势力单独造成的。但我们可以毫不迟疑的说:这二三十年中的领袖人才,正因为生活在一个新世界的新潮流里,他们的人格往往比旧时代的人物更伟大;思想更透辟,知识更丰富,气象更开阔,行为更豪放,人格更崇高。试把孙中山来比曾国藩,我们就可以明白这两个世界的代表人物的不同了。在古典文学的成就上,在世故的磨练上,在小心谨慎的行为上,中山先生当然比不上曾文正。然而在见解的大胆,气象的雄伟,行为的勇敢上,那一位理学名臣就远不如这一位革命领袖了。照我这十几年来的观察,凡受这个新世界的新文化的震撼最大的人物,他们的人格都可以上比一切时代的圣贤,不但没有愧色,往往超越前人。老辈中,如高梦旦先生,如张之济先生,如蔡元培先生,如吴稚晖先生,如张伯苓先生;朋辈中,如周诒春先生,如李四光先生,如翁文灏先生,如姜蒋佐先生:他们的人格的崇高可爱敬,在中国古人中真寻不出相当的伦比。这种人格只有这个新时代才能产生,同时又都是能够给这个时代增加光耀的。

我们谈到古人的人格,往往想到岳飞、文天祥和晚明那些死在廷杖下或天牢里东林忠臣。我们何不想想这二三十年中为了各种革命慷慨杀身的无数志士! 那些年年有特别纪念日追悼的人们,我们姑且不论。我们试想想那些为排满革命而死的许多志士,那些为民十五六年的国民革命而死的无数青年,那些前两年中在上海在长城一带为抗日卫国而死的无数青年,那些为民十三年以来的共产革命而死的无数青年,——他们慷慨献身去经营的目标比起东林诸君子的目标来,其伟大真不可比例了。东林诸君子慷慨抗争的是"红丸"、"移宫"、"妖书"等等米米小的问题;而这无数的革命青年慷慨献身去工作的是全民族的解放,整个国家的自由平等,或他们所梦想的全人类社会的自由平等。我们想到了这二十年中为一个主义而从容杀身的无数青年,我们想起了这无数个"杀身成仁"中国青年,我们不能不低下头来向他们致最深的敬礼;我们不能不颂赞这"最近二十年"是中国史上一个精神人格最崇高,民族自信心最坚强的时代。他们把他们的生命都献给了他们的国家和他们的主义,天下还有比这更大的信心吗?

凡是诅咒这个时代为"人欲横流,人禽无别"的人,都是不曾认识这个新时代的人:他们不认识这二十年中国的空前大进步,也不认识这二十年中整千整万的中国少年流的血究竟为的是什么。

可怜的没有信心的老革命党啊! 你们要革命,现在革命做到了这二十年的空前大进步,你们反不认得它了。这二十年的一点进步不是孔夫子之赐,是大家努力革命的结果,是大家接受了一个新世界的新文明的结果。只有向前走是有希望的。开倒车是不会成功的。

你们心眼里最不满意的现状——你们所诅咒的"人欲横流,人禽无别"——只是任何革命时代所不能避免的一点附产物而已。这种现状的存在,只够证明革命还没有成功,进步还不够。孔圣人是无法帮忙的;开倒车也决不能引你们回到那个本来不存在的"美德造成的黄金世界"的!养个孩子还免不了肚痛,何况改造一个国家,何况改造一个文化?别灰心了,向前走吧!

二十三,九,三夜。

悲观声浪里的乐观

"双十节"的前一日,我在燕京大学讲演"究竟我们在这二十三年里干了些什么"。各报的记录,都不免有错误。我今天把那天说的话的大意写出来,做一篇应时节的星期论文。

我们在这个"双十节"的前后,总不免要想想,究竟辛亥革命至今二十三年中我们干了些什么?究竟有没有成绩值得纪念?在这个最危急的国难时期里,我们最容易走上悲观的路,最容易灰心短气,只觉得革命革了二十三个整年,到头来还是一事无成,文不能对世界文化有任何的贡献,武不能抵御一个强邻的侵暴,我们还有什么兴致年年做这样照例的纪念?这是很普遍的国庆日的感想。所以我觉得我们不肯灰心的人应该用公平的态度和历史的眼光,来重新估计这二十三年中的总成绩,来替中华民国盘一盘账。

今日最悲观的人,实在都是当初太乐观了的人。他们当初就根本没有了解他们所期望的东西的性质,他们梦想一个自由平等、繁荣强盛的国家,以为可以在短时期中就做到那种梦想的境界。他妄想一个"奇迹"的降临,想了二十三年,那"奇迹"还没有影子,于是他们的信心动摇了,他们的极度乐观变成极度悲观了。

换句话说:悲观的人的病根在于缺乏历史的眼光。因为缺乏历史的眼光,所以第一不明白我们的问题是多么艰难,第二不了解我们应付艰难的凭藉是多么薄弱,第三不懂得我们开始工作的时间是多么迟晚,第四不想想二十三年是多么短的一个时期,第五不认得我们在这样短的时期里居然也做到了一点很可观的成绩。

如果大家能有一点历史的眼光,大家就可以明白这二十多年来,"奇迹"虽然没有光临,至少也有了一点很可以引起我们的自信心的进步。进步都是比较的。必须要有历史的比较,方才可以明白哪一点是进步,哪一点是退化。我们要计算这二十三年的成绩,必须要拿现在的成绩来比较二十三年前的状态,然后可以下判断。这是历史眼光的最浅近的说法。

上星期教育部长王世杰先生在他的广播演说里,谈到这二十三年里的教育进步,他说:拿民国二十三年来比民国元年,小学生增多了四倍,中学生增加了十倍,大学及专科学校学生增加了差不多一百倍。这三级的数量的太不相称,是很不应该的,是必须努力补救纠正的。但这个历史统计的比较,至少可以使我们明白这二十三年中,尽管在贫穷纷乱之中,也不是没有惊人的进步。

二十三年中教育上的进步,不仅仅是王世杰先生指出的数量上的增加而已,还有统计数字不能表现出来的各种进步。我们四十岁以上的人,试回头想想二十多年前的中国学校是个什么样子。二十五六年前,当我在上海做中学生的时代,中学堂的博物、用器画、三角、解析几何、高等代数,往往都是请日本教员来教的。北京、天津、南京、苏州、上海、武昌、成都、广州各地的官立中学师范的理科功课,甚至于图画手工,都是请日本人教的。外国文与外国地理历史也都是请青年会或圣约翰出身的教员来教的。我记得我们学堂里的西洋历史课本是美国十九世纪前期一个托名"Peter Parley"的《世界通史》,开卷就说上帝七日创造世界,接着就说"洪水",卷末有两页说中国,插了半页的图,刻着孔夫子戴着红缨大帽,拖着一条辫子!这是二十五年前的中国学堂的现状!现在我们有了一百十一所大学与学院了,这里面,除了极少数之外,一切学系都是中国人做主任做教员了;其中有好几个学系是可以在世界大学里立得住脚的;其中也有许多学者的科学成绩是世界学术界公认的。这不能不算是二十三年中的大进步吧?

试再看看二十五年前中国小学堂里读的什么书,用的什么文字。我在上海(最开通的上海!)做小学生的时候,读的是古文,一位先生用浦东话逐字逐句的解释,其实是翻译!做的是"孝弟说","今之为关也将以为暴义","汉文帝唐太宗优劣论"。后来新编的教科书出来了,也还是用古文写的,字字句句都还要翻译讲解。民六以后,始有白话文的运动。民九以后,北京教育部始命令初小第一二年改用国语。民十一以后,小学与中学始改用国语教本。我们姑且不谈这十六七年中的新文学的积极的绝大成绩。我们试想想每年一千一百万小学儿童避免了的苦痛,节省了的脑力,总不能不说这是二十年来的一大进步吧?

试再举科学研究来作个例。辛亥革命的时候,全国没有一个科学研究的机关,这是历史的事实。国内现在所有的科学研究机关——从最早成立的北京地质调查所,到最近成立的中央研究院——都是这二十年中的产儿。二十年是很短的时间,何况许多科学研究所与各大学的科学试验室又都只有四五年的历史呢?然而在这短时间内,在经费困难与时局不安定之下,我们居然发展了不少方面的科学。在自然科学的方面,地质学与古生物学的成绩是无疑的赶过日本的六十年的成绩了;生物学、生理学、药物化学、气象学,也都有了很显著的成绩。在历史科学与社会科学的方面,中央研究院的历史语言研究所在考古学上的工作,地质调查所在先史考古学上的工作,北平社会调查所与南开经济学院在经济社会方面的调查工作,也都在短时期中做出了很大的成绩,得到了世界学人的承认。二十年中有了这些方面的科学发展,比起民国初元的贫乏状态来,真好像在荒野里建造起了一些琼楼玉宇,这不可以算是这二十年的大进步吗?

这样的历史比较,是打破悲观鼓舞信心最有效的方法。即如那二十年中好像最不争气的交通事业,如果用历史眼光去评量,这里那里也未尝没有一点进步。我们从徽州山里出来的人,从徽州到杭州从前要走六七天,现在只消六点钟了,这就是二十四倍的进步。前十年,一个甘肃朋友来到北京,走了一百零四天;上星期有人从甘肃来,只消走十四天了;今年年底,陇海路通到了西安,时间更可以缩短了。

但这二十三年中最伟大而又最容易被人忽略的进步,要算各方面的社会改革。最明显的当然是女子的解放。在身体的方面,现在二十岁左右的中国女子不但恢复了健全的人样,并且渐渐的要变成世界上最美的女性了。在教育的方面,男女同学的实行不过十多年,现在不但社会默认为当然,在校的男女学生也都渐渐消除了从前男女之间那种种不自然的丑态。此外如女子的经济地位与法律地位的抬高,如女子参加职业和社会政治事业的人数的加多,如婚姻习惯的逐渐变更,如离婚妇女与再嫁妇女在社会上的地位的改善,这都是二十年来中国社会的大进步。

我记得在民九的前后,四川有一个十九岁的女子杀了她的"十不全"的残废丈夫,她在法庭上的自辩是:"我没有别的法子可以避开他!"四川的法院判了她十五年的监禁。这个案子详到司法部,部里的大官认为判得太轻了,把原审法官交付惩戒。有一天,在一个席上,一位有名的法学家(那时是法官惩戒委员会的会长)大骂我们北京大学的教授,说我们提倡打倒礼教,所以影响到四川的法官,使他们故意宽纵这样谋杀亲夫的女人!然而十年之后,国民政府颁布的新刑律与新民法,有许多方面比我们在民八九年所梦想的还要激进的多了。时代变了,法学家也只好跟着走了。

　　总而言之,这二十三年中固然有许多不能满人意的现状,其中也有许多真正有价值的大进步。革命到底是革命,总不免造成一些无忌惮的恶势力,但同时也总会打倒一些应该打倒的旧制度与旧势力。有许多不满人意的事,当然是革命后的纷乱时期所造成的,所以我们也赞成"革命尚未成功"的名言。但我们如果平心估量这二十多年的盘账单,终不能不承认我们在这个民国时期确然有很大的进步;也不能不承认那些进步的一大部分都受了辛亥以来的革命潮流的解放作用的恩惠。明白承认了这二十年努力的成绩,这可以打破我们的悲观,鼓励我们的前进。事实明告我们,这点成绩还不够抵抗强暴,还不够复兴国家,这也不应该叫我们灰心,只应该勉励我们鼓起更大的信心来,要在这将来的十年二十年中做到更大什佰倍的成绩。古代哲人曾说:"士不可以不弘毅,任重而道远。"悲观与灰心永远不能帮助我们挑那重担,走那长路!

二十三年"双十节"后二日

教育破产的救济方法还是教育

我们中国人有一种最普遍的死症,医书上还没有名字,我姑且叫他做"没有胃口"。无论什么好东西,到了我们嘴里,舌头一舔,刚觉有味,才吞下肚去,就要作呕了。胃口不好,什么美味都只能"浅尝而止",终不能下咽,所以我们天天皱起眉头,做出苦样子来,说:没有好东西吃!这个病症,看上去很平常,其实是死症。

前些年,大家都承认中国需要科学;然而科学还没有进口,早就听见一班妄人高唱"科学破产"了;不久又听见一班妄人高唱"打倒科学"了。前些年,大家又都承认中国需要民主宪政;然而宪政还没有入门,国会只召集过一个,早就听见一班"学者"高唱"议会政治破产"、"民主宪政是资本主义的副产物"了。

更奇怪的是今日大家对于教育的不信任。我做小孩子的时候,常听见人说这类的话:"普鲁士战胜法兰西,不在战场上而在小学校里。""英国的国旗从日出处飘到日入处,其原因要在英国学堂的足球场上去寻找。"那时的中国人真迷信教育的万能！山东有一个乞丐武训，他终身讨饭，积下钱来就去办小学堂；他开了好几个小学堂，当时全国人都知道"义丐武训"的大名。这件故事，最可以表示那个时代的人对于教育的狂热。民国初元，范源濂等人极力提倡师范教育，他们的见解虽然太偏重"普及"而忽略了"提高"的方面，然而他们还是向来迷信教育救国的一派的代表。民国六年以后，蔡元培等人注意大学教育，他们的弊病恰和前一派相反，他们用全力去做"提高"的事业，却又忽略了教育"普及"的方面。但无论如何，范、蔡诸人都还绝对信仰教育是救国的唯一路子。民八至民九，杜威博士在中国各地讲演新教育的原理与方法，也很引起了全国人的注意。那时阎锡山在娘子关内也正在计划山西的普及教育，太原的种种补充小学师资的速成训练班正在极热烈的猛进时期，当时到太原游览参观的人都不能不深刻的感觉山西的一班领袖对于普及教育的狂热。

曾几何时，全国人对于教育好像忽然都冷淡了！渐渐的有人厌恶教育了，渐渐的有人高喊"教育破产"了。

从狂热的迷信教育，变到冷淡的怀疑教育，这里面当然有许多复杂的原因。第一是教育界自己毁坏他们在国中的信用：自从民八"双十节"以后北京教育界抬出了"索薪"的大旗来替代了"造新文化"的运动，甚至于不恤教员罢课至一年以上以求达到索薪的目的，从此以后，我们真不能怪国人瞧不起教育界了。第二是这十年来教育的政治化，使教育变空虚了；往往学校所认为最不满意的人，可以不读书，不做学问，而仅仅靠着活动的能力取得禄位与权力；学校本身又因为政治的不安定，时时发生令人厌恶的风潮。第三，这十几年来（直到最近时期），教育行政的当局无力管理教育，就使私立中学与大学尽量的营业化；往往失业的大学生与留学生，不用什么图书仪器的设备，就可以挂起中学或大学的招牌来招收学生；野鸡学校越多，教育的信用当然越低落了。第四，这十几年来，所谓高等教育的机关，添设太快了，国内人才实在不够分配，所以大学地位与程度都降低了，这也是教育招人轻视的一个原因。第五，粗制滥造的毕业生骤然增多了，而社会上的事业不能有同样速度的发展，政府机关又不肯充分采用考试任官的方法，于是"粥少僧多"的现象就成为今日的严重问题，做父兄的，担负了十多年的教育费，眼见子弟拿着文凭寻不到饭碗，当然要埋怨教育本身的失败了。

这许多原因（当然不限于这些），我们都不否认。但我要指出，这种种原因都不够证成教育的破产。事实上，我们今日还只是刚开始试办教育，还只是刚起了一个头，离那现代国家应该有的教育真是去题万里！本来还没有"教育"可说，怎么谈得到"教育破产"？产还没有置，有什么可破？今日高唱"教育破产"的妄人，都只是害了我在上文说的"没有胃口"的病症。他们在一个时代也曾跟着别人喊着要教育，等到刚尝着教育的味儿，他们早就皱起眉头来说教育是吃不得的了！我们只能学耶稣的话来对这种人说："啊！你们这班信心浅薄的人啊！"

我要很诚恳的对全国人诉说：今日中国教育的一切毛病，都由于我们对教育太没有信心，太不注意，太不肯花钱。教育所以"破产"，都因为教育太少了，太不够了。教育的失败，正因为我们今日还不曾真正有教育。

为什么一个小学毕业的孩子不肯回到田间去帮他父母做工呢？并不是小学教育毁了他。第一，是因为田间小孩子能读完小学的人数太少了，他觉得他进了一种特殊阶级，所以不屑种田学手艺了。第二，是因为那班种田做手艺的人也连小学都没有进过，本来也就不欢迎这个认得几担大字的小学生。第三，他的父兄花钱送他进学堂，心眼里本来也就指望他做一个特殊阶级，可以夸耀邻里，本来也就最不指望他做块"回乡豆腐干"重回到田间来。

对于这三个根本原因，一切所谓"生活教育"、"职业教育"，都不是有效的救济。根本的救济在于教育普及，使个个学龄儿童都得受义务的（不用父母花钱的）小学教育；使人人都感觉那一点点的小学教育并不是某种特殊阶级的表记，不过是个个"人"必需的东西——和吃饭睡觉呼吸空气一样的必需的东西。人人都受了小学教育，小学毕业生自然不会做游民了。

中学教育和大学教育的许多怪现状，也不全是教育本身的毛病，也往往是这个过渡时期（从没有教育过渡到刚开始有教育的时期）不可避免的现状。因为教育太希有，太贵；因为小学教育太不普及，所以中等教育更成了极少数人家子弟的专有品，大学教育更不用说了。今日大多数升学的青年，不一定都是应该升学的,只因为他们的父兄有送子弟升学的财力,或者因为他们的父兄存了"将本求利"的心思勉力借贷供给他们升学的。中学毕业要贴报条向亲戚报喜,大学毕业要在祠堂前竖旗杆,这都不是今日已绝迹的事。这样希有的宝贝(今日在初中的人数约占全国人口一千分之一;在高中的人数约占全国人口四千分之一;在专科以上学校的人数约占全国人口一万分之一!)当然要高自位置,不屑回到内地去,宁作都市的失业者而不肯做农村的导师了。

今日中等教育与高等教育所以还办不好,基本的原因还在于学生的来源太狭,在于下层的教育基础太窄太小,(十九年度全国高中普通科毕业生数不满八千人,而二十年度专科以上学校一年级新生有一万五千多人!)来学的多数是为熬资格而来,不是为求学问而来。因为要的是资格,所以只要学校肯给文凭便有学生。因为要的是资格,所以教员越不负责任,越受欢迎,而严格负责的训练管理往往反可以引起风潮:学问是可以牺牲的,资格和文凭是不可以牺牲的。

欲要救济教育的失败,根本的方法只有用全力扩大那个下层的基础,就是要下决心在最短年限内做到初等义务教育的普及。国家与社会在今日必须拼命扩充初等义务教育,然后可以用助学金和免费的制度,从那绝大多数的青年学生里,选拔那些真有求高等知识的天才的人去升学。受教育的人多了,单有文凭上的资格就不够用了,多数人自然会要求真正的知识与技能了。

这当然是绝大的财政负担,其经费数目的伟大可以骇死今日中央和地方天天叫穷的财政家。但这不是绝不可能的事。在七八年前,谁敢相信中国政府每年能担负四万万元的军费?然而这个巨大的军费数目在今日久已是我们看惯毫不惊讶的事实了!

所以今日最可虑的还不是没有钱,只是我们全国人对于教育没有信心。我们今日必须坚决的信仰:五千万失学儿童的救济比五千架飞机的功效至少要大五万倍!

二十三,八,十七

"我的儿子"[①]

一 汪长禄先生来信

昨天上午我同太虚和尚访问先生,谈起许多佛教历史和宗派的话,耽搁了一点多钟的工夫,几乎超过先生平日见客时间的规则五倍以上,实在抱歉的很。后来我和太虚匆匆出门,各自分途去了。晚边回寓,我在桌子上偶然翻到最近《每周评论》的文艺那一栏,上面题目是"我的儿子"四个字,下面署了一个"适"字,大约是先生做的。这种议论我从前在《新潮》《新青年》各报上面已经领教多次,不过昨日因为见了先生,加上"叔度汪汪"的印象,应该格外注意一番。我就不免有些意见,提起笔来写成一封白话信,送给先生,还求指教指教。

[①] 1919 年 8 月汪长禄致信胡适,指责他破坏孝道。胡适于同年《每周评论》第 35 期复信作答。两信后收入《胡适文存》卷 4,改题《"我的儿子"》。

大作说,"树本无心结子,我也无恩于你"。这和孔融所说的"父之于子当有何亲……""子之于母亦复奚为……"差不多同一样的口气。我且不去管他。下文说的,"但是你既来了,我不能不养你教你,那是我对人道的义务,并不是待你的恩谊"。这就是做父亲一方面的说法。换一方面说,做儿子的也可模仿同样口气说道:"但是我既来了,你不能不养我教我,那是你对人道的义务,并不是待我的恩谊。"那么两方面凑泊起来,简直是亲子的关系,一方面变成了跛形的义务者,他一方面变成了跛形的权利者,实在未免太不平等了。平心而论,旧时代的见解,好端端生在社会一个人,前途何等遥远,责任何等重大,为父母的单希望他做他俩的儿子,固然不对。但是照先生的主张,竟把一般做儿子的抬举起来,看做一个"白吃不回账"的主顾,那又未免太"矫枉过正"罢。

现在我且丢却亲子的关系不谈,先设一个譬喻来说。假如有位朋友留我在他家里住上若干年,并且供给我的衣食,后来又帮助我的学费,一直到我能够独立生活,他才放手。虽然这位朋友发了一个大愿,立心做个大施主,并不希望我些须报答,难道我自问良心能够就是这么拱拱手同他离开便算了吗?我以为亲子的关系,无论怎样改革,总比朋友较深一层。就是同朋友一样平等看待,果然有个鲍叔再世,把我看做管仲一般,也不能够说"不是待我的恩谊"罢。

大作结尾说道:"我要你做一个堂堂的人,不要你做我的孝顺儿子。"这话我倒并不十分反对。但是我以为应该加上一个字,可以这么说:"我要你做一个堂堂的人,不单要你做我的孝顺儿子。"为什么要加上这一个字呢?因为儿子孝顺父母,也是做人的一种信条,和那"悌弟"、"信友"、"爱群"等等是同样重要的。旧时代学说把一切善行都归纳在"孝"字里面,诚然流弊百出。但一定要把"孝"字"驱逐出境",划在做人事业范围以外,好像人做了孝子,便不能够做一个堂堂的人。换一句话,就是人若要做一个堂堂的人,便非打定主意做一个不孝之子不可。总而言之,先生把"孝"字看得与做人的信条立在相反的地位。我以为"孝"字虽然没有"万能"的本领,但总还够得上和那做人的信条凑在一起,何必如此"雷厉风行"硬要把他"驱逐出境"呢?

前月我在一个地方谈起北京的新思潮,便联想到先生个人身上。有一位是先生的贵同乡,当时插嘴说道:"现在一般人都把胡适之看做洪水猛兽一样,其实适之这个人旧道德并不坏。"说罢,并且引起事实为证。我自然是很相信的。照这位贵同乡的说话推测起来,先生平日对于父母当然不肯做那"孝"字反面的行为,是决无疑义了。我怕的是一般根底浅薄的青年,动辄钞袭名人一两句话,敢于扯起幌子,便"肆无忌惮"起来。打个比方,有人昨天看见《每周评论》上先生的大作,也便可以说道:"胡先生教我做一个堂堂的人,万不可做父母的孝顺儿子。"久而久之,社会上布满了这种议论,那么任凭父母老病冻饿以至于死,却可以不去管他了。我也知道先生的本意无非看见旧式家庭过于"束缚驰骤",急急地要替他调换空气,不知不觉言之太过,那也难怪。从前朱晦庵说得好,"教学者如扶醉人",现在的中国人真算是大多数醉倒了。先生可怜他们,当下告奋勇,使一股大劲,把他从东边扶起。我怕是用力太猛,保不住又要跌向西边去。那不是和没有扶起一样吗?万不一幸,连性命都要送掉,那又向谁叫冤呢?

我很盼望先生有空闲的时候,再把那"我的父母"四个字做个题目,细细的想一番。把做儿子的对于父母应该怎样报答的话(我以为一方面做父母的儿子,同时在他方面仍不妨做社会上一个人),也得咏叹几句,"恰如分际","彼此兼顾",那才免得发生许多流弊。

二 我答汪先生的信

前天同太虚和尚谈论,我得益不少。别后又承先生给我这封很诚恳的信,感谢之至。

"父母于子无恩"的话,从王充、孔融以来,也很久了。从前有人说我曾提倡这话,我实在不能承认。直到今年我自己生了一个儿子,我才想到这个问题上去。我想这个孩子自己并不曾自由主张要生在我家,我们做父母的不曾得他同意,就糊里糊涂的给了他一条生命。况且我们也并不曾有意送给他这条生命。我们既无意,如何能居功,如何能自以为有恩于他?他既无意求生,我们生了他,我们对他只有抱歉,更不能"市恩"了。我们糊里糊涂的替社会上添了一个人,这个人将来一生的苦乐祸福,这个人将来在社会上的功罪,我们应该负一部分的责任。说得偏激一点,我们生一个儿子,就好比替他种下了祸根,又替社会种下了祸根。他也许养成坏习惯,做一个短命浪子;他也许更堕落下去,做一个军阀派的走狗。所以我们"教他养他",只是我们自己减轻罪过的法子,只是我们种下祸根之后自己补过弥缝的法子。这可以说是恩典吗?

我所说的,是从做父母的一方面设想的,是从我个人对于我自己的儿子设想的,所以我的题目是《我的儿子》。我的意思是要我这个儿子晓得我对他只有抱歉,决不居功,决不市恩。至于我的儿子将来怎样待我,那是他自己的事。我决不期望他报答我的恩,因为我已宣言无恩于他。

先生说我把一般做儿子的抬举起来,看做一个"白吃不还账"的主顾。这是先生误会我的地方。我的意思恰同这个相反。我想把一般做父母的抬高起来,叫他们不要把自己看做一种"放高利债"的债主。

先生又怪我把"孝"字驱逐出境。我要问先生,现在"孝子"两个字究竟还有什么意义?现在的人死了父母都称"孝子"。孝子就是居父母丧的儿子(古书称为"主人"),无论怎样忤逆不孝的人,一穿上麻衣,戴上高粱冠,拿着哭丧棒,人家就称他做"孝子"。

我的意思以为古人把一切做人的道理都包在"孝"字里,故战阵无勇,莅官不敬等等都是不孝。这种学说,先生也承认他流弊百出。所以我要我的儿子做一个堂堂的人,不要他做我的孝顺儿子。我的意想以为"一个堂堂的人"决不至于做打爹骂娘的事,决不至于对他的父母毫无感情。

但是我不赞成把"儿子孝顺父母"列为一种"信条"。易卜生的《群鬼》里有一段话很可研究(《新潮》第五号页八五一):

> (孟代牧师) 你忘了没有,一个孩子应该爱敬他的父母?
> (阿尔文夫人) 我们不要讲得这样宽泛。应该说:"欧士华应该爱敬阿尔文先生(欧士华之父)吗?"

这是说,"一个孩子应该爱敬他的父母"是耶教一种信条,但是有时未必适用。即如阿尔文一生纵淫,死于花柳毒,还把遗毒传给他的儿子欧士华,后来欧士华毒发而死。请问欧士华应该孝顺阿尔文吗?若照中国古代的伦理观念自然不成问题。但是在今日可不能不成问题了。假如我染着花柳毒,生下儿子又聋又瞎,终身残废,他应该爱敬我吗?又假如我把我的儿子应得的遗产都拿去赌输了,使他衣食不能完全,教育不能得着,他应该爱敬我吗?又假如我卖国卖主义,做了一国一世的大罪人,他应该爱敬我吗?

至于先生说的,恐怕有人扯起幌子,说,"胡先生教我做一个堂堂的人,万不可做父母的孝顺儿子"。这是他自己错了。我的诗是发表我生平第一次做老子的感想,我并不曾教训人家的儿子!

总之,我只说了我自己承认对儿子无恩,至于儿子将来对我作何感想,那是他自己的事,我不管了。

先生又要我做"我的父母"的诗。我对于这个题目,也曾有诗,载在本报第一期和《新潮》第二期里。

我们对于西洋近代文明的态度

今日最没有根据而又最有毒害的妖言是讥贬西洋文明为唯物的(Materialistic),而尊崇东方文明为精神的(Spiritual)。这本是很老的见解,在今日却有新兴的气象。从前东方民族受了西洋民族的压迫,往往用这种见解来解嘲,来安慰自己。近几年来,欧洲大战的影响使一部分的西洋人对于近世科学的文化起一种厌倦的反感,所以我们时时听见西洋学者有崇拜东方的精神文明的议论。这种议论,本来只是一时的病态的心理,却正投合东方民族的夸大狂,东方的旧势力就因此增加了不少的气焰。

我们不愿"开倒车"的少年人对于这个问题不能没有一种彻底的见解,不能没有一种鲜明的表示。

现在高谈"精神文明"、"物质文明"的人,往往没有共同的标准做讨论的基础,故只能作文字上或表面上的争论,而不能有根本的了解。我想提出几个基本观念来做讨论的标准。

第一，文明（Civilization）是一个民族应付他的环境的总成绩。

第二，文化（Culture）是一种文明所形成的生活的方式。

第三，凡一种文明的造成，必有两个因子：一是物质的（Material），包括种种自然界的势力与质料，一是精神的（Spiritual），包括一个民族的聪明才智，感情和理想。凡文明都是人的心里智力运用自然界的质与力的作品；没有一种文明单是精神的，也没有一种文明单是物质的。

我想这三个观念是不须详细说明的，是研究这个问题的人都可以承认的。一只瓦盆和一只铁铸的大蒸汽炉，一只舢板船和一只大汽船，一部单轮小车和一辆电力电车，都是人的智慧利用自然界的质力制造出来的文明，同有物质的基础，同有人类的心思才智。这里面只有个精粗巧拙的程度上的差异，却没有根本上的不同。蒸汽铁炉固然不必笑瓦盆的幼稚，单轮小车上的人也更不配自夸他的精神的文明，而轻视电车上人的物质的文明。

因为一切文明都少不了物质的表现，所以"物质的文明"（Material Civilization）一个名词不应该有什么讥贬的涵义。我们说一部摩托车是一种物质的文明，不过单指他的物质的形体，其实一部摩托车所代表的人类的心思智慧决不亚于一首诗所代表的心思智慧。所以"物质的文明"不是和"精神的文明"反对的一个贬词，我们可以不讨论。

我们现在要讨论的是：（一）什么叫做唯物的文明

(Materialistic Civilization),(二)西洋现代文明是不是唯物的文明。

崇拜所谓东方精神文明的人说,西洋近代文明偏重物质上和肉体上的享受,而略视心灵上与精神上的要求,所以是唯物的文明。

我们先要指出这种议论含有灵肉冲突的成见,我们认为错误的成见。我们深信,精神的文明必须建筑在物质的基础之上,提高人类物质上的享受,增加人类物质上的便利与安逸,这都是朝着解放人类的能力的方向走,使人们不至于把精力心思全抛在仅仅生存之上,使他们可以有余力去满足他们的精神上的要求。东方的哲人曾说:

衣食足而后知荣辱,仓廪实而后知礼节。

这不是什么舶来的"经济史观":这是平素的常识。人世的大悲剧是无数的人们终身做血汗的生活,而不能得着最低限度的人生幸福,不能避免冻与饿。人世的更大悲剧是人类的先知先觉者眼看无数人们的冻饿,不能设法增进他们的幸福,却把"乐天"、"安命"、"知足"、"安贫"种种催眠药给他们吃,叫他们自己欺骗自己,安慰自己。西方古代有一则寓言说,狐狸想吃葡萄,葡萄太高了,他吃不着,只好说:"我本不爱吃这酸葡萄!"狐狸吃不着甜葡萄,只好说葡萄是酸的;人们享不着物质上的快乐,只好说物质上的享受是不足羡慕的,而贫贱是可以骄人的。

这样自欺自慰成了懒惰的风气,又不足为奇了。于是有狂病的人又进一步,索性回过头去,戕贼身体,断臂,绝食,焚身,以求那幻想的精神的安慰。从自欺自慰以至于自残自杀,人生观变成了人死观,都是从一条路上来的,这条路就是轻蔑人类的基本的欲望。朝这条路上走,逆天而拂性,必至于养成懒惰的社会,多数人不肯努力以求人生基本欲望的满足,也就不肯进一步以求心灵上与精神上的发展了。

西洋近代文明的特色便是充分承认这个物质的享受的重要。西洋近代文明,依我的鄙见看来,是建筑在三个基本观念之上:

第一,人生的目的是求幸福。

第二,所以贫穷是一桩罪恶。

第三,所以衰病是一桩罪恶。

借用一句东方古话,这就是一种"利用厚生"的文明。因为贫穷是一桩罪恶,所以要开发富源,奖励生产,改良制造,扩张商业。因为衰病是一桩罪恶,所以要研究医药,提倡卫生,讲求体育,防止传染的疾病,改善人种的遗传。因为人生的目的是求幸福,所以要经营安适的起居,便利的交通,洁净的城市,优美的艺术,安全的社会,清明的政治。纵观西洋近代的一切工艺,科学,法制,固然其中也不少杀人的利器与侵略掠夺的制度,我们终不能不承认那利用厚生的基本精神。

这个利用厚生的文明,当真忽略了人类心灵上与精神上的要求吗?当真是一种唯物的文明吗?

我们可以大胆地宣言：西洋近代文明绝不轻视人类的精神上的要求。我们还可以大胆地进一步说：西洋近代文明能够满足人类心灵上的要求的程度，远非东洋旧文明所能梦见。在这一方面看来，西洋近代文明绝非唯物的，乃是理想主义的（Idealistic），乃是精神的（Spiritual）。

我们先从理智的方面说起。

西洋近代文明的精神方面的第一特色是科学。科学的根本精神在于求真理。人在世间，受环境的逼迫，受习惯的支配，受迷信与成见的拘束，只有真理可以使你自由，使你强有力，使你聪明圣智；只有真理可以使你打破你的环境里的一切束缚，使你戳天，使你缩地，使你天不怕，地不怕，堂堂地做一个人。

求知是人类天生的一种精神上的最大要求。东方的旧文明对于这个要求，不但不想满足他，并且常想裁制他，断绝他。所以东方古圣人劝人要"无知"，要"绝圣弃智"，要"断思惟"，要"不识不知，顺帝之则"。这是畏难，这是懒惰。这种文明，还能自夸可以满足心灵上的要求吗？

东方的懒惰圣人说："吾生也有涯，而知也无涯，以有涯逐无涯，殆已。"所以他们要人静坐澄心，不思不虑，而物来顺应。这是自欺欺人的诳语，这是人类的夸大狂。真理是深藏在事物之中的，你不去寻求探讨，他决不会露面。科学的文明教人训练我们的官能智慧，一点一滴地去寻求真理，一丝一毫不放过，一铢一两地积起来。这是求真理的唯一法门。自然（Nature）是一个最狡猾的妖魔，只有敲打逼拶可以逼它吐露真情。不思不虑的懒人只好永永作愚昧的人,永永走不进真理之门。

东方的懒人又说:"真理是无穷尽的,人的求知的欲望如何能满足呢?"诚然,真理是发现不完的。但科学决不因此而退缩。科学家明知真理无穷,知识无穷,但他们仍然有他们的满足:进一寸有一寸的愉快,进一尺有一尺的满足。二千多年前,一个希腊哲人思索一个难题,想不出道理来,有一天,他跳进浴盆去洗澡,水涨起来,他忽然明白了,他高兴极了,赤裸裸地跑出门去,在街上乱嚷道:"我寻着了!我寻着了!"(Eureka! Eureka!)这是科学家的满足。Newton,Pasteur 以至于 Edison 时时有这样的愉快。一点一滴都是进步,一步一步都可以踌躇满志。这种心灵上的快乐是东方的懒圣人所梦想不到的。

这里正是东西文化的一个根本不同之点。一边是自暴自弃的不思不虑,一边是继续不断的寻求真理。

朋友们,究竟是哪一种文化能满足你们的心灵上的要求呢?

其次,我们且看看人类的情感与想象力上的要求。

文艺,美术,我们可以不谈;因为东方的人,凡是能睁开眼睛看世界的,至少还都能承认西洋人并不曾轻蔑了这两个重要的方面。

我们来谈谈道德与宗教罢。

近世文明在表面上还不曾和旧宗教脱离关系,所以近世文化还不曾明白建立它的新宗教新道德。但我们研究历史的人不能不指出近世文明自有它的新宗教与新道德。科学的发达提高了人类的知识,使人们求知的方法更精密了,评判的能力也更进步了,所以旧宗教的迷信部分渐渐被淘汰到最低限度,渐渐地连那最低限度的信仰——上帝的存在与灵魂的不灭——也发生疑问了。所以这个新宗教的第一特色是它的理智化。近世文明仗着科学的武器,开辟了许多新世界,发现了无数新真理,征服了自然界的无数势力,叫电气赶车,叫"以太"送信,真个作出种种动地掀天的大事业来。人类的能力的发展使他渐渐增加对于自己的信仰心,渐渐把向来信天安命的心理变成信任人类自己的心理。所以这个新宗教的第二特色是它的人化。智识的发达不但抬高了人的能力,并且扩大了他的眼界,使他胸襟阔大,想象力高远,同情心浓挚。同时,物质享受的增加使人有余力可以顾到别人的需要与痛苦。扩大了的同情心加上扩大了的能力,遂产生了一个空前的社会化的新道德,所以这个新宗教的第三特色就是它的社会化的道德。

古代的人因为想求得感情上的安慰,不惜牺牲理智上的要求,专靠信心(Faith),不问证据,于是信鬼,信神,信上帝,信天堂,信净土,信地狱。近世科学便不能这样专靠信心了。科学并不菲薄感情上的安慰,科学只要求一切信仰须要禁得起理智的评判,须要有充分的证据。凡没有充分证据的,只可存疑,不足信仰。赫胥黎(Huxley)说得最好:

> 如果我对于解剖学上或生理学上的一个小小困难,必须要严格的不信任一切没有充分证据的东西,方才可望有成绩,那么,我对于人生的奇秘的解决,难道就可以不用这

样严格的条件吗?

这正是十分尊重我们的精神上的要求。我们买一亩田,卖三间屋,尚且要一张契据;关于人生的最高希望的根据,岂可没有证据就胡乱信仰吗?

这种"拿证据来"的态度可以称为近世宗教的"理智化"。

从前人类受自然的支配,不能探讨自然界的秘密,没有能力抵抗自然的残酷,所以对于自然常怀着畏惧之心。拜物,拜畜生,怕鬼,敬神,"小心翼翼,昭事上帝",都是因为人类不信任自己的能力,不能不倚靠一种超自然的势力。现代的人便不同了。人的智力居然征服了自然界的无数质力,上可以飞行无碍,下可以潜行海底,远可以窥算星辰,近可以观察极微。这个两只手一个大脑的动物———人———已成了世界的主人翁,他不能不尊重自己了。一个少年的革命诗人曾这样的歌唱:

> 我独自奋斗,胜败我独自承当,
> 我用不着谁来放我自由,
> 我用不着什么耶稣基督,
> 妄想他能替我赎罪替我死。

> I fight alone and win or sink,
> I need no one to make me free,
> I want no Jesus Christ to think,

That he could ever die for me.

这是现代人化的宗教。信任天不如信任人,靠上帝不如靠自己。我们现在不妄想什么天堂天国了,我们要在这个世界上建造"人的乐园"。我们不妄想做不死的神仙了,我们要在这个世界上做个活泼健全的人。我们不妄想什么四禅定六神通了,我们要在这个世界上做个有聪明智慧可以戡天缩地的人。我们也许不轻易信仰上帝的万能了,我们却信仰科学的方法是万能的。人的将来是不可限量的。我们也许不信灵魂的不灭了,我们却信人格是神圣的,人权是神圣的。

这是近世宗教的"人化"。

但最重要的要算近世道德宗教的"社会化"。

古代的宗教大抵注重个人的拯救,古代的道德也大抵注重个人的修养。虽然也有自命普渡众生的宗教,虽然也有自命兼济天下的道德,然而终苦于无法下手,无力实行,只好仍旧回到个人的身心上用工夫,做那向内的修养。越向内做工夫,越看不见外面的现实世界;越在那不可捉摸的心性上玩把戏,越没有能力应付外面的实际问题。即如中国八百年的理学工夫,居然看不见二万万妇女缠足的惨无人道!明心见性,何补于人道的苦痛困穷!坐禅主敬,不过造成许多"四体不勤,五谷不分"的废物!

近世文明不从宗教下手,而结果自成一个新宗教;不从道德入门,而结果自成一派新道德。十五十六世纪的欧洲国家简直都是几个海盗的国家,哥仑布(Columbus)、马汲伦(Magellan)、都芮克(Drake)一班探险家都只是一些大海盗。他们的目的只是寻求黄金,白银,香料,象牙,黑奴;然而这班海盗和海盗带来的商人开辟了无数新地,开拓了人的眼界,抬高了人的想象力,同时又增加了欧洲的富力。工业革命接着起来,生产的方法根本改变了,生产的能力更发达了。二三百年间,物质上的享受逐渐增加,人类的同情心也逐渐扩大。这种扩大的同情心便是新宗教新道德的基础。自己要争自由,同时便想到别人的自由,所以不但自由须以不侵犯他人的自由为界限,并且还进一步要求绝大多数人的自由。自己要享受幸福,同时便想到人的幸福,所以乐利主义(Utilitarianism)的哲学家便提出"最大多数的最大幸福"的标准来做人类社会的目的。这都是"社会化"的趋势。

十八世纪的新宗教信条是自由,平等,博爱。十九世纪中叶以后的新宗教信条是社会主义。这是西洋近代的精神文明,这是东方民族不曾有过的精神文明。

固然东方也曾有主张博爱的宗教,也曾有公田均产的思想。但这些不过是纸上的文章,不曾实地变成社会生活的重要部分,不曾变成范围人生的势力,不曾在东方文化上发生多大的影响。在西方便不然了。"自由,平等,博爱"成了十八世纪的革命口号。美国的革命,法国的革命,一八四八年全欧洲的革命运动,一八六二年的南北美战争,都是在这三大主义的旗帜之下的大革命。美国的宪法,法国的宪法,以至于南美洲诸国的宪法,都是受了这三大主义的绝大影响的。旧阶级的打倒,专制政体的推翻,法律之下人人平等的观念的普遍,"信仰,思想,言论,出版"几大自由的保障的实行,普及教育的实施,妇女的解放,女权的运动,妇女参政的实现……都是这个新宗教新道德的实际的表现。这不仅仅是三五个哲学家书本子里的空谈;这都是西洋近代社会政治制度的重要部分,这都已成了范围人生,影响实际生活的绝大势力。

十九世纪以来,个人主义的趋势的流弊渐渐暴白于世了,资本主义之下的苦痛也渐渐明了了。远识的人知道自由竞争的经济制度不能达到真正"自由,平等,博爱"的目的。向资本家手里要求公道的待遇,等于"与虎谋皮"。救济的方法只有两条大路:一是国家利用其权力,实行裁制资本家,保障被压迫的阶级;一是被压迫的阶级团结起来,直接抵抗资本阶级的压迫与掠夺。于是各种社会主义的理论与运动不断地发生。西洋近代文明本建筑在个人求幸福的基础之上,所以向来承认"财产"为神圣的人权之一。但十九世纪中叶以后,这个观念根本动摇了;有的人竟说"财产是贼赃",有的人竟说"财产是掠夺"。现在私有财产制虽然还存在,然而国家可以征收极重的所得税和遗产税,财产久已不许完全私有了。劳动是向来受贱视的;但资本集中的制度使劳工有大组织的可能,社会主义宣传与阶级的自觉又使劳工觉悟团结的必要,于是几十年之中有组织的劳动阶级遂成了社会上最有势力的分子。十年以来,工党领袖可以执掌世界强国的政权,同盟总罢工可以屈伏最有势力的政府,俄国的劳农阶级竟做了全国的专政阶级。这个社会主义的大运动现在还正在进行的时期。但他的成绩已很可观了。各国的"社会立法"(Social Legislation)的发达,工厂的视察,工厂卫生的改良,儿童工作与妇女工作的救济,红利分配制度的推行,缩短工作时间的实行,工人的保险,合作制之推行,最低工资(Minimum Wage)的运动,失业的救济,级进制的(Progressive)所得税与遗产税的实行……这都是这个大运动已经做到的成绩。这也不仅仅是纸上的文章,这也都已成了近代文明的重要部分。

这是"社会化"的新宗教与新道德。

东方的旧脑筋也许要说:"这是争权夺利,算不得宗教与道德。"这里又正是东西文化的一个根本不同之点。一边是安分,安命,安贫,乐天,不争,认吃亏;一边是不安分,不安贫,不肯吃亏,努力奋斗,继续改善现成的境地。东方人见人富贵,说他是"前世修来的",自己贫,也说是"前世不曾修",说是"命该如此"。西方人便不然,他说"贫富的不平等,痛苦的待遇,都是制度的不良的结果,制度是可以改良的"。他们不是争权夺利,他们是争自由,争平等,争公道,他们争的不仅仅是个人的私利,他们奋斗的结果是人类最大多数人的福利。最大多数人的最大幸福,不是袖手念佛号可以得来的,是必须奋斗力争的。

朋友们,究竟是哪一种文化能满足你们的心灵上的要求呢?

我们现在可综合评判西洋近代的文明了。这一系的文明建筑在"求人生幸福"的基础之上,确然替人类增进了不少的物质上的享受;然而他也确然很能满足人类的精神上的要求。他在理智的方面,用精密的方法,继续不断地寻求真理,探索自然界无穷的秘密。他在宗教道德的方面,推翻了迷信的宗教,建立合理的信仰;打倒了神权,建立人化的宗教;抛弃了那不可知的天堂净土,努力建设"人的乐园"、"人世的天堂";丢开了那自称的个人灵魂的超拔,尽量用人的新想象力和新智力去推行那充分社会化了的新宗教与新道德,努力谋人类最大多数的最大幸福。

东方的文明的最大特色是知足。西洋的近代文明的最大特色是不知足。

知足的东方人自安于简陋的生活,故不求物质享受的提高;自安于愚昧,自安于"不识不知",故不注意真理的发现与技术器械的发明;自安于现成的环境与命运,故不想征服自然,只求乐天安命,不想改革制度,只图安分守己,不想革命,只做顺民。

这样受物质环境的拘束与支配,不能跳出来,不能运用人的心思智力来改造环境改良现状的文明,是懒惰不长进的民族的文明,是真正唯物的文明。这种文明只可以遏抑而决不能满足人类精神上的要求。

西方人大不然。他们说"不知足是神圣的"(Divine Discontent)。物质上的不知足产生了今日的钢铁世界,汽机世界,电力世界。理智上的不知足产生了今日的科学世界。社会政治制度上的不知足产生了今日的民权世界,自由政体,男女平权的社会,劳工神圣的喊声,社会主义的运动。神圣的不知足是一切革新一切进化的动力。

这样充分运用人的聪明智慧来寻求真理以解放人的心灵,

来制服天行以供人用,来改造物质的环境,来改革社会政治的制度,来谋人类最大多数的最大幸福,——这样的文明应该能满足人类精神上的要求;这样的文明,是精神的文明,是真正理想主义的(Idealistic)文明,决不是唯物的文明。

固然,真理是无穷的,物质上的享受是无穷的,新器械的发明是无穷的,社会制度的改善是无穷的。但格一物有一物的愉快,革新一器有一器的满足,改良一种制度有一种制度的满意。今日不能成功的,明日明年可以成功;前人失败的,后人可以继续助成。尽一分力便有一分的满意;无穷的进境上,步步都可以给努力的人充分的愉快。所以大诗人邓内孙(Tennyson)借古英雄 Ulysses 的口气歌唱道:

> 然而人的阅历就像一座穹门,
> 从那里露出那不曾走过的世界,
> 越走越远,永远望不到他的尽头。
> 半路上不干了,多么沉闷呵!
> 明晃晃的快刀为什么甘心上锈!
> 难道留得一口气就算得生活了?
> ……

朋友们,来罢!
去寻一个更新的世界是不会太晚的。
……

用掉的精力固然不回来了,剩下的还不少呢。
现在虽然不是从前那样掀天动地的身手了,
然而我们毕竟还是我们——
光阴与命运颓唐了几分壮志!
终止不住那不老的雄心,
去努力,去探寻,去发现,
永不退让,不屈伏。

一九二六,六,六

漫游的感想[①]

一 东西文化的界线

我离了北京,不上几天,到了哈尔滨。在此地我得了一个绝大的发现:我发现了东西文明的交界点。

哈尔滨本是俄国在远东侵略的一个重要中心。当初俄国人经营哈尔滨的时候,早就预备要把此地辟作一个二百万居民的大城,所以一切文明设备,应有尽有;几十年来,哈尔滨就成了北中国的上海。这是哈尔滨的租界,本地人叫做"道里",现在租界收回,改为特别区。

租界的影响,在几十年中,使附近的一个村庄逐渐发展,也变成了一个繁盛的大城。这是"道外"。

[①] 本篇共六则,陆续写于1927年8月。1926年7月胡适沿西伯利亚铁路乘火车赴英,出席中英庚款委员会全体会议。本文就是这次出访的产物。

"道里"现在收归中国管理了。但俄国人的势力还是很大的,向来租界时代的许多旧习惯至今还保存着。其中的一种遗风就是不准用人力车(东洋车)。"道外"的街道上都是人力车。一到了"道里",只见电车与汽车,不见一部人力车。道外的东洋车可以拉到道里,但不准再拉客,只可拉空车回去。

我到了哈尔滨,看了道里与道外的区别,忍不住叹口气,自己想道:这不是东方文明与西方文明的交界点吗?东西洋文明的界线只是人力车文明与摩托车文明的界线——这是我的一大发现。

人力车又叫做东洋车,这真是确切不移。请看世界之上,人力车所至之地,北起哈尔滨,西至四川,南至南洋,东至日本,这不是东方文明的区域吗?

人力车代表的文明就是那用人作牛马的文明。摩托车代表的文明就是用人的心思才智制作出机械来代替人力的文明。把人作牛马看待,无论如何,够不上叫做精神文明。用人的智慧造作出机械来,减少人类的苦痛,便利人类的交通,增加人类的幸福——这种文明却含有不少的理想主义,含有不少的精神文明的可能性。

我们坐在人力车上,眼看那些圆颅方趾的同胞努起筋肉,弯着背脊梁,流着血汗,替我们做牛做马,拖我们行远登高,为的是要挣几十个铜子去活命养家——我们当此时候,不能不感谢那发明蒸汽机的大圣人,不能不感谢那发明电力的大圣人,不能不祝福那制作汽船汽车的大圣人:感谢他们的心思才智节省了人类多少精力,减除了人类多少苦痛!你们嫌我用"圣人"一个字吗?孔夫子不说过吗?"制而用之谓之器。利用出入,民咸用之,谓之神。"孔老先生还嫌"圣"字不够,他简直要尊他们为"神"呢!

二 摩托车的文明

去年八月十七日的《伦敦晚报》(*Evening Standard*)有下列的统计:

全世界的摩托车共二四,五九〇,〇〇〇辆。

全世界人口平均每七十一人有一辆摩托车。

美国每六人有车一辆。

加拿大与纽西兰每十二人有车一辆。

澳洲每二十人有车一辆。

今年一月十六日纽约的《国民周报》(*The Nation*)有下列的统计:

全世界摩托车　二七,五〇〇,〇〇〇

美国摩托车　　二二,三三〇,〇〇〇

美国摩托车数占全世界百分之八十一。

美国人口平均每五人有车一辆。

去年(1926)美国造的摩托车凡四百五十万辆,出口五十万辆。

美国的路上,无论是大城里或乡间,都是不断的汽车。《纽约时报》上曾说一个故事：有一个北方人驾着摩托车走过 Miami 的一条大道，他开的速度是每点钟三十五英里。后面一个驾着两轮摩托车的警察赶上来问他为什么挡住大路。他说："我开的已是三十五里了。"警察喝道："开六十里！"

今年三月里我到费城（Philadelphia）演讲，一个朋友请我到乡间 Haverford 去住一天。我和他同车往乡间去，到了一处，只见那边停着一二百辆摩托车。我说："这里开汽车赛会吗？"他用手指道："那边不在造房子吗？这些都是木匠泥水匠坐来做工的汽车。"

这真是一个摩托车的国家！木匠泥水匠坐了汽车去做工，大学教员自己开着汽车去上课，乡间儿童上学都有公共汽车接送，农家出的鸡蛋牛乳每天都自己用汽车送上火车或直送进城。十字街头，向来总有一两家酒店的；近年酒禁实行了，十字街头往往建着汽油的小站。车多了，停车的空场遂成为都市建筑的一个大问题。此外还发生了许多连带的问题，很能使都市因此改观。例如我到丹佛城（Danver），看见墙上都没有街道的名字，我很诧异。后来才看见街名都用白漆写在马路两边的"行道"（Pavement or Side Walk）的底下，为的是要使夜间汽车灯光容易照着。这一件事便可以看出摩托车在都市经营上的影响了。

摩托车的文明的好处真是一言难尽。汽车公司近年通行"分月付款"的法子，使普通人家都可以购买汽车。据最近统计，去年一年之中美国人买的汽车有三分之二是分月付钱的。这种人家向来是不肯出远门的。如今有了汽车,旅行便利了,所以每日工作完毕之后,在家带了家中妻儿,自己开着汽车,到郊外去游玩;每星期日,可以全家到远地旅行游览。例如旧金山的"金门公园",远在海滨,可以纵观太平洋上的水光岛色;每到星期日,四方男女来游的真是人山人海!这都是摩托车的恩赐。这种远游的便利可以增进健康,开拓眼界,增加知识——这都是我们的轿子文明与人力车文明底下想象不到的幸福。

最大的功效还在人的官能的训练。人的四肢五官都是要训练的;不练就不灵巧了,久不练就迟钝麻木了。中国乡间的老百姓,看见汽车来了,往往手足失措,不知道怎样回避;你尽着呜呜地压着号筒,他们只听不见;连街上的狗与鸡也只是懒洋洋地踱来摆去,不知避开。但是你若把这班老百姓请到上海来,请他们从先施公司走到永安公司去,他们便不能不用耳目手足了。走过大马路的人,真如《封神传》上的黄天化说的"须要眼观四处,耳听八方"。你若眼不明,耳不听,手足不灵动,必难免危险。这便是摩托车文明的训练。

美国的汽车大概都是各人自己驾驶的。往往一家中,父母子女都会开车。人工贵了,只有顶富的人家可以雇人开车。这种开车的训练真是"胜读十年书"!你开着汽车,两手各有职务,两脚也各有职务,眼要观四处,耳要听八方,还要手足眼耳一时并用,同力合作。你不但要会开车,还要会修车;随你是什么大学教授、诗人诗哲,到了半路车坏的时候,也不能不卷起袖管,替机器医病。什么书呆子,书踱头,傻瓜,若受了这种训练,都不会四体不勤,五官不灵了。你们不常听见人说大学教授"心不在焉"的笑话吗?我这回新到美国,有些大学教授如孟录博士等请我坐他们自己开的车,我总觉得有点栗栗危惧,怕他们开到半路上忽然想起什么哲学问题或天文学问题来,那才危险呢!便是我经过几回之后,才觉得这些大学教授已受了摩托车文明的洗礼,把从前的"心不在焉"的呆气都赶跑了,坐在轮子前便一心在轮子上,手足也灵活了,耳目也聪明了!猗欤休哉!摩托车的教育!

三　一个劳工代表

有些自命"先知"的人常常说:"美国的物质发展终有到头的一天;到了物质文明破产的时候,社会革命便起来了。"

我可以武断地说:美国是不会有社会革命的,因为美国天天在社会革命之中。这种革命是渐进的,天天有进步,故天天是革命。如所得税的实行,不过是十四年来的事,然而现在所得税已成了国家税收的一大宗,巨富的家私有纳税百分之五十以上的。这种"社会化"的现象随地都可以看见。从前马克思派的经济学者说资本愈集中则财产所有权也愈集中,必做到资本全归极少数人之手的地步。但美国近年的变化却是资本集中而所有权分散在民众。一个公司可以有一万万的资本,而股票可由雇员与工人购买,故一万万元的资本就不妨有一万人的股东。近年移民进口的限制加严,贱工绝迹,故国内工资天天增涨;工人收入既丰,多有积蓄,往往购买股票,逐渐成为小资本家。不但白人如此,黑人的生活也逐渐抬高。纽约城的哈伦区,向为白人居住的,十年之中土地房屋全被发财的黑人买去了,遂成了一片五十万人的黑人区域。人人都可以做有产阶级,故阶级战争的煽动不发生效力。

我且说一个故事。

我在纽约时,有一次被邀去参加一个"两周讨论会"(Fortnightly Forum)。这一次讨论的题目是"我们这个时代应该叫什么时代"?十八世纪是"理智时代",十九世纪是"民治时代",这个时期应该叫什么?究竟是好是坏?

依这个讨论会规矩,这一次请了六位客人作辩论员:一个是俄国克伦斯基革命政府①的交通总长;一个是印度人;一个是我;一个是有名的"效率工程师"(Efficiency Engineer),是一位老女士;一个是纽约有名的牧师 Holmes;一个是工会代表。

有些人的话是可以预料的。那位印度人一定痛骂这个物质文明时代;那位俄国交通总长一定痛骂鲍尔雪维克②;那位牧师一定是很悲观的;我一定是很乐观的;那位女效率专家一定鼓吹她的效率主义。一言表过不提。

单说那位劳工代表 Frahne(?)先生。他站起来演说了。他穿着晚餐礼服,挺着雪白的硬衬衫,头发苍白了。他站起来,一手

---

① 指俄国 1905 年资产阶级革命后的政府。
② 布尔什维克。

向里面衣袋里抽出一卷打字的演说稿,一手向外面袋里摸出眼镜盒,取出眼镜戴上。他高声演说了。

他一开口便使我诧异。他说:我们这个时代可以说是人类有历史以来最好的伟大的时代,最可惊叹的时代。

这是他的主文。以下他一条一条地举例来证明这个主旨。他先说科学的进步,尤其注重医学的发明;次说工业的进步;次说美术的新贡献,特别注重近年的新音乐与新建筑。最后他叙述社会的进步,列举资本制裁的成绩,劳工待遇的改善,教育的普及,幸福的增加。他在十二分钟之内描写世界人类各方面的大进步,证明这个时代是人类有史以来最好的时代。

我听了他的演说,忍不住对自己说道:这才是真正的社会革命。社会革命的目的就是要做到向来被压迫的社会分子能站在大庭广众之中歌颂他的时代为人类有史以来最好的时代。

四　往西去!

我在莫斯科住了三天,见着一些中国共产党的朋友,他们很劝我在俄国多考察一些时。我因为要赶到英国去开会,所以不能久留。那时冯玉祥将军在莫斯科郊外避暑,我听说他很崇拜苏俄,常常绘画列宁的肖像。我对他的秘书刘伯坚诸君说:我很盼望冯先生从俄国向西去看看。即使不能看美国,至少也应该看看德国。

我的老朋友李大钊先生在他被捕之前一两月曾对北京朋

友说:"我们应该写信给适之,劝他仍旧从俄国回来,不要让他往西去打美国回来。"但他说这话时,我早已到了美国了。

我希望冯玉祥先生带了他的朋友往西去看看德国美国;李大钊先生却希望我不要往西去。要明白此中的意义,且听我再说一件有趣味的故事。

我在日本时,同了马伯援先生去访问日本最有名的经济学家福田德三博士。我说:"福田先生,听说先生新近到欧洲游历回来之后,先生的思想主张颇有改变,这话可靠吗?"

他说:"没有什么大的改变。"

我问:"改变的大致是什么?"

他说:"从前我主张社会政策;这次从欧洲回来之后,我不主张这种妥协的缓和的社会政策了。我现在以为这其间只有两条路:不是纯粹的马克思派社会主义,就是纯粹的资本主义。没有第三条路。"

我说:"可惜先生到了欧洲不曾走的远点,索性到美国去看看,也许可以看见第三条路,也未可知。"

福田博士摇头说:"美国我不敢去,我怕到了美国会把我的学说完全推翻了。"

我说:"先生这话使我颇失望。学者似乎应该尊重事实。若事实可以推翻学说,那么,我们似乎应该抛弃那学说,另寻更满意的假设。"

福田博士摇头说:"我不敢到美国去。我今年五十五了,等到我六十岁时,我的思想定了,不会改变了,那时候我要往美国看看去。"

* * * *

这一次的谈话给了我一个绝大的刺激。世间的大问题决不是一两个抽象名词(如"资本主义""共产主义"等等)所能完全包括的。最要紧的是事实。现今许多朋友却只高谈主义,不肯看看事实。孙中山先生曾引外国俗语说"社会主义有五十七种,不知哪一种是真的"。岂但社会主义有五十七种?资本主义还不止五百七十种呢!拿一个"赤"字抹杀新运动,那是张作霖、吴佩孚的把戏。然而拿一个"资本主义"来抹杀一切现代国家,这种眼光究竟比张作霖、吴佩孚高明多少?

朋友们,不要笑那位日本学者。他还知道美国有些事实足以动摇他的学说,所以他不敢去。我们之中却有许多人决不承认世上会有事实足以动摇我们的迷信的。

五 东方人的"精神生活"

我到纽约后的第十天——一月二十一日——《纽约时报》上登出一条很有趣味的新闻:

> 昨天下午一点钟,纽吉赛邦的恩格儿坞(Englewood, N. J.)的山郎先生住宅面前,围了许多男男女女,小孩子,小狗,等着要看一位埃及道人(Fakir)名叫哈密(Hamid Bey)的被活埋的奇事。

哈密道人站在那掘好的坟坑旁边；微微的雨点洒在他的飘飘的长袍上。他身边站着两个同道的助手。

人越来越多了。到了一点一分的时候，哈密道人忽然倒在地下，不省人事了。两个请来的医生同了三个报馆访员动手把他的耳朵、鼻子、嘴，都用棉花塞住。随后便有人来把哈密道人抬下坟坑，放在坟里的内穴里。他脸上撒了一薄层的沙。内穴上面用木板盖好。

内穴上面还有三尺深的空坑，他们也用泥土填满了。填满了后，活埋的工作算完了。

到场的许多人都走进山郎先生的家里去吃茶点。山郎夫人未嫁之前就是那位绰号"千眼姑娘"的李麻小姐。她在那边招待来宾，大家谈着"人生无涯"一类的问题，静候那活埋道人的复活。

一点钟过去了。……一点半过去了。……两点钟过去了。……

到了下午四点，三个爱尔兰的工人动手把坟掘开。三个黑种工人站在旁边陪着——也许是给那三个白种同伴镇压邪鬼罢。

四点钟敲过不久，哈密道人扶起来了。扶到了空气里，他便颤动了，渐渐活过来了。他低低地喊了一声"胡帝尼"，微微一笑，他回生了。

他未埋之先，医生验过他的脉跳是七十二，呼吸是十八。复活之后，脉跳与呼吸仍是七十二与十八。他在坑里足足埋了两点五十二分。

这回的安排布置全是勒乌公司(Loew's)的杜纳先生办理的。杜纳先生说,本想同这位埃及道人订一个"杂耍戏"的契约,不过还得考虑一会,因为看戏的人等不得三个钟头就都会跑光了。

哈密道人却很得意,他说他还可以活埋三天咧。

*　　　*　　　*　　　*

美国是个有钱的地方,世界各国的奇奇怪怪的宗教掮客都赶到这里来招揽信徒,炫卖花样。前一年,有个埃及道人名叫拉曼(Rahman)的,自称能收敛心神,停止呼吸。他当大众试验,闭在铁棺为,沉在赫贞河里,过一点钟之久。当时美国有大幻术胡帝尼(Harry Houdini)研究此事,说这不是停止呼吸,乃是一种"浅呼吸",是可以操练出来的。胡帝尼自己练习,到了去年夏间,他也公开试验:睡在铁棺里,叫人沉在纽约谢尔敦大旅馆的水池里,过了一点半钟,方才捞起来。开棺之后,依然复生,不过脉跳增加至一百四十二跳而已。胡帝尼的成绩比拉曼加长半点钟,颇能使人明白这种把戏不过是一种技术上的训练,并没有什么精神作用。

胡帝尼死后,这班东方道人还不服气,所以有今年一月二十日哈密道人的公开试验。哈密的成绩又比胡帝尼加长了八十二分钟,应该够得上和勒乌公司订六个月的"杂耍戏"的契约了,然而杜纳先生又嫌活埋三点钟太干燥无味了,怕不能号召看戏的群众!可惜,可惜!大概哈密先生和他的道友们后来仍旧回到东方去继续他们的"内心生活"了罢。

胡帝尼的试验的精神是很可佩服的。其实即使这班东方道人真能活埋三点钟以至三天,完全停止呼吸,这又算得什么精神生活?这里面哪有什么"精神的分子"?泥里的蚯蚓,以至一切冬天蛰伏的爬虫,不是都能这样吗?

六　麻将

前几年,麻将牌忽然行到海外,成为出口货的一宗。欧洲与美洲的社会里,很有许多人学打麻将的;后来日本也传染到了。有一个时期,麻将竟成了西洋社会里最时髦的一种游戏:俱乐部里差不多桌桌都是麻将,书店里出了许多种研究麻将的小册子,中国留学生没有钱的可以靠教麻将吃饭挣钱。欧美人竟发了麻将狂热了。

谁也梦想不到东方文明征服西洋的先锋队却是那一百三十六个麻将军!

这回我从西伯利亚到欧洲,从欧洲到美洲,从美洲到日本,十个月之中,只有一次在日本京都的一个俱乐部里看见有人打麻将牌。在欧美简直看不见麻将了。我曾问过欧洲和美国的朋友,他们说:"妇女俱乐部里,偶然还可以看见一桌两桌打麻将的,但那是很少的事了。"我在美国人家里,也常看见麻将牌盒子——雕刻装潢很精致的——陈列在室内,有时一家竟有两三副的。但从不见主人主妇谈起麻将;他们从不向我这位麻将国的代表请教此中的玄妙！麻将在西洋已成了架上的古玩了；麻将的狂热已退凉了。

我问一个美国朋友，为什么麻将的狂热过去的这样快？他说："女士太太们喜欢麻将，男子们却很反对，终于是男子们战胜了。"

这是我们意想得到的。西洋的勤劳奋斗的民族决不会做麻将的信徒，决不会受麻将的征服。麻将只是我们这种好闲爱荡、不爱惜光阴的"精神文明"的中华民族的专利品。

当明朝晚年，民间盛行一种纸牌，名为"马吊"。马吊中有四十张牌，有一文至九文，一千至九千，一万至九万等，等于麻将牌的筒子，索子，万子。还有一张"零"，即是"白板"的祖宗。还有一张"千万"，即是徽州纸牌的"千万"。马吊牌上每张上画有《水浒传》的人物。徽州纸牌上的"王英"即是矮脚虎王英的遗迹。乾隆嘉庆间人汪师韩的全集里收有几种明人的马吊牌（在《丛睦汪氏丛书》内）。

马吊在当日风行一时，士大夫整日整夜的打马吊，把正事都荒废了。所以明亡之后，吴梅村作《缓寇纪略》说，明之亡是亡于马吊。

三百年来，四十张的马吊逐渐演变，变成每样五张的纸牌，近七八十年中又变为每样四张的麻将牌。（马吊三人对一人，故名"马吊脚"，省称"马吊"；"麻将"称"麻雀"的音变，"麻雀"为"马脚"的音变。）越变越繁复巧妙了，所以更能迷惑人心，使国中的男男女女，无论富贵贫贱，不分日夜寒暑，把精力和光阴葬送在这一百三十六张牌上。

英国的"国戏"是 Cricket[①],美国的国戏是 Baseball,[②]日本的国戏是角抵。中国呢？中国的国戏是麻将。

麻将平均每四圈费时约两点钟。少说一点,全国每日只有一百万桌麻将,每桌只打八圈,就得费四百万点钟,就是损失十六万七千日的光阴,金钱的输赢,精力的消磨,都还在外。

我们走遍世界,可曾看见哪一个长进的民族,文明的国家,肯这样荒时废业的吗？一个留学日本的朋友对我说："日本人的勤苦真不可及！到了晚上,登高一望,家家板屋里都是灯光;灯光之下,不是少年人跳着读书,便是老年人跪着翻书,或是老妇人跪着做活计。到了天明,满街上,满电车上都是上学去的儿童。单只这一点勤苦就可以征服我们了。"

其实何止日本？凡是长进的民族都是这样的。只有咱们这种不长进的民族以"闲"为幸福,以"消闲"为急务,男人以打麻将为消闲,女人以打麻将为家常,老太婆以打麻将为下半生的大事业！

从前的革新家说中国有三害：鸦片,八股,小脚。鸦片虽然没禁绝,总算是犯法的了。虽然还有做"洋八股"与更时髦的"党八股"的,但八股的四书文是过去的了。小脚也差不多没有了。只有这第四害,麻将,还是日兴月盛,没有一点衰歇的样子,没

---

① 板球。
② 棒球。

有人说它是可以亡国的大害。新近麻将先生居然大摇大摆地跑到西洋去招摇一次,几乎做了鸦片与杨梅疮的还敬礼物。但如今它仍旧缩回来了,仍旧回来做东方精神文明的国家的国粹,国戏!

后　记

《漫游的感想》本不止这六条,我预备写四五十条,作成一本游记。但我当时正在赶写《白话文学史》,忙不过来,便把游记搁下来了。现在我把这六条保存在这里,因为游记专书大概是写不成的了。

十九,三,十,胡适

文学改良刍议

今之谈文学改良者众矣,记者末学不文,何足以言此?然年来颇于此事再四研思,辅以友朋辩论,其结果所得,颇不无讨论之价值。因综括所怀见解,列为八事,分别言之,以与当世之留意文学改良者一研究之。

吾以为今日而言文学改良,须从八事入手。八事者何?

一曰,须言之有物。

二曰,不摹仿古人。

三曰,须讲求文法。

四曰,不作无病之呻吟。

五曰,务去烂调套语。

六曰,不用典。

七曰,不讲对仗。

八曰,不避俗字俗语。

一曰须言之有物

吾国近世文学之大病,在于言之无物。今人徒知"言之无文,行之不远";而不知言之无物,又何用文为乎? 吾所谓"物",非古人所谓"文以载道"之说也。吾所谓"物",约有二事:

(一)情感 《诗序》曰:"情动于中而形诸言。言之不足,故嗟叹之。嗟叹之不足,故咏歌之。咏歌之不足,不知手之舞之,足之蹈之也。"此吾所谓情感也。情感者,文学之灵魂。文学而无情感,如人之无魂,木偶而已,行尸走肉而已。(今人所谓"美感"者,亦情感之一也。)

(二)思想 吾所谓"思想",盖兼见地、识力、理想,三者而言之。思想不必皆赖文学而传,而文学以有思想而益贵;思想亦以有文学的价值而益贵也;此庄周之文,渊明老杜之诗,稼轩之词,施耐庵之小说,所以夐绝千古也。思想之在文学,犹脑筋之在人身。人不能思想,则虽面目姣好,虽能笑啼感觉,亦何足取哉? 文学亦犹是耳。

文学无此二物,便如无灵魂无脑筋之美人,虽有秾丽富厚之外观,抑亦末矣。近世文人沾沾于声调字句之间,既无高远之思想,又无真挚之情感,文学之衰微,此其大因矣。此文胜之害,所谓言之无物者是也。欲救此弊,宜以质救之。质者何? 情与思二者而已。

二曰不摹仿古人

文学者,随时代而变迁者也。一时代有一时代之文学:周秦有周秦之文学,汉魏有汉魏之文学,唐宋元明有唐宋元明之文学。此非吾一人之私言,乃文明进化之公理也。即以文论,有《尚书》之文,有先秦诸子之文,有司马迁班固之文,有韩柳欧苏之文,有语录之文,有施耐庵曹雪芹之文:此文之进化也。试更以韵文言之:《击壤》之歌,《五子》之歌,一时期也;《三百篇》之诗,一时期也;屈原荀卿之骚赋,又一时期也;苏李以下,至于魏晋,又一时期也;江左之诗流为排比,至唐而律诗大成,此又一时期也;老杜香山之"写实"体诸诗,(如杜之《石壕吏》,《羌村》,白之《新乐府》),又一时期也;诗至唐而极盛,自此以后,词典代兴,唐五代及宋初之小令,此词之一时代也;苏柳(永)辛姜之词,又一时代也;至于元之杂剧传奇,则又一时代矣;凡此诸时代,各因时势风会而变,各有其特长,吾辈以历史进化之眼光观之,决不可谓古人之文学皆胜于今人也。左氏史公之文奇矣,然施耐庵之《水浒传》视《左传》,《史记》,何多让焉?《三都》、《两京》之赋富矣,然以视唐诗,宋词,则糟粕耳。此可见文学因时进化,不能自止。唐人不当作商周之诗,宋人不当作相如子云之赋——即令作之,亦必不工。逆天背时,违进化之迹,故不能工也。

既明文学进化之理,然后可言吾所谓"不摹仿古人"之说。今日之中国,当造今日之文学,不必摹仿唐宋,亦不必摹仿周秦也。前见"国会开幕词",有云:"于铄国会,遵晦时休。"此在今日而欲为三代以上之文之一证也。更观今之"文学大家",文则下规姚曾,上师韩欧;更上则取法秦汉魏晋,以为六朝以下无文学可言,此皆百步与五十步之别而已,而皆为文学下乘。即令神似古人,亦不过为博物院中添几许"逼真赝鼎"而已,文学云乎哉!昨见陈伯严先生一诗云:

> 涛园钞杜句,半岁秃千毫。
> 所得都成泪,相过问奏刀。
> 万灵噤不下,此老仰弥高。
> 胸腹回滋味,徐看薄命骚。

此大足代表今日"第一流诗人"摹仿古人之心理也。其病根所在,在于以"半岁秃千毫"之工夫作古人的钞胥奴婢,故有"此老仰弥高"之叹。若能洒脱此种奴性,不作古人的诗,而惟作我自己的诗,则决不致如此失败矣。

吾每谓今日之文学,其足与世界"第一流"文学比较而无愧色者,独有白话小说(我佛山人、南亭亭长、洪都百炼生,三人而已)一项。此无他故,以此种小说皆不事摹仿古人,(三人皆得力于《儒林外史》、《水浒》、《石头记》。然非摹仿之作也。)而惟实写今日社会之情状,故能成真正文学。其他学这个,学那个之诗古文家,皆无文学之价值也。今之有志文学者,宜知所从事矣。

三曰须讲求文法

今之作文作诗者,每不讲求文法之结构。其例至繁,不便举之,尤以作骈文律诗者为尤甚。夫不讲文法,是谓"不通"。此理至明,无待详论。

四曰不作无病之呻吟

此殊未易言也。今之少年往往作悲观,其取别号则曰"寒灰","无生","死灰";其作为诗文,则对落日而思暮年,对秋风而思零落,春来则惟恐其速去,花发又惟惧其早谢:此亡国之哀音也。老年人为之犹不可,况少年乎?其流弊所至,遂养成一种暮气,不思奋发有为,服劳报国,但知发牢骚之音,感喟之文;作者将以促其寿年,读者将亦短其志气:此吾所谓无病之呻吟也。国之多患,吾岂不知之?然病国危时,岂痛哭流涕所能收效乎?吾惟愿今之文学家作费舒特(Fichte),作玛志尼(Mazzini),而不愿其为贾生、王粲、屈原、谢皋羽也。其不能为贾生、王粲、屈原、谢皋羽,而徒为妇人醇酒丧气失意之诗文者,尤卑卑不足道矣!

五曰务去烂调套语

今之学者,胸中记得几个文学的套语,便称诗人。其所为诗文处处是陈言烂调,"蹉跎"、"身世"、"寥落"、"飘零"、"虫沙"、"寒窗"、"斜阳"、"芳草"、"春闺"、"愁魂"、"归梦"、"鹃啼"、"孤影"、"雁字"、"玉栖"、"锦字"、"残更"……之类,累累不绝,最可憎厌。其流弊所至,遂令国中生出许多似是而非,貌似而实非之诗文。今试举吾友胡先骕先生一词以证之:

> 荧荧夜灯如豆,映幢幢孤影,凌乱无据。翡翠衾寒,鸳鸯瓦冷,禁得秋宵几度?幺弦漫语,早丁字帘前,繁霜飞舞。袅袅余音,片时犹绕柱。

此词骤观之,觉字字句句皆词也,其实仅一大堆陈套语耳。"翡翠衾"、"鸳鸯瓦",用之白香山《长恨歌》则可,以其所言乃帝王之衾之瓦也。"丁字帘"、"幺弦",皆套语也。此词在美国所作,其夜灯决不"荧荧如豆",其居室尤无"柱"可绕也。至于"繁霜飞舞",则更不成话矣。谁曾见繁霜之"飞舞"耶?

吾所谓务去烂调套语者,别无他法,惟在人人以其耳目所亲见亲闻所亲身阅历之事物,一一自己铸词以形容描写之;但求其不失真,但求能达其状物写意之目的,即是工夫。其用烂调套语者,皆懒惰不肯自己铸词状物者也。

六曰不用典

吾所主张八事之中,惟此一条最受朋友攻击,盖以此条最

易误会也。吾友江亢虎君来书曰:

> 所谓典者,亦有广狭二义。饾饤獭祭,古人早悬为厉禁;若并成语故事而屏之,则非惟文字之品格全失,即文字之作用亦亡。……文字最妙之意味,在用字简而涵义多。此断非用典不为功。不用典不特不可作诗,并不可写信,且不可演说。来函满纸"旧雨","虚怀","治头治脚","舍本逐末","洪水猛兽","发聋振聩","负弩先驱","心悦诚服","词坛","退避三舍","滔天","利器","铁证"……皆典也。试尽挟而去之,代以俚语俚字,将成何说话? 其用字之繁简,犹其细焉。恐一易他词,虽加倍蓰而涵义仍终不能如是恰到好处,奈何? ……

此论甚中肯要。今依江君之言,分典为广狭二义,分论之如下:

(一) 广义之典非吾所谓典也。广义之典约有五种:

(甲) 古人所设譬喻,其取譬之事物,含有普通意义,不以时代而失其效用者,今人亦可用之。如古人言"以子之矛,攻子之盾",今人虽不读书者,亦知用"自相矛盾"之喻,然不可谓为用典也。上文所举例中之"治头治脚","洪水猛兽","发聋振聩"……皆此类也。盖设譬取喻,贵能切当;若能切当,固无古今之别也。若"负弩先驱","退避三舍"之类,在今日已非通行之事物,在文人相与之间,或可用之,然终以不用为上。如言"退避",

千里亦可,百里亦可,不必定用"三舍"之典也。

(乙)成语　成语者,合字成辞,别为意义。其习见之句,通行已久,不妨用之。然今日若能另铸"成语",亦无不可也。"利器","虚怀","舍本逐末"……皆属此类。此非"典"也,乃日用之字耳。

(丙)引史事　引史事与今所论议之事相比较,不可谓为用典也。如老杜诗云,"未闻殷周衰,中自诛褒妲",此非用典也。近人诗云,"所以曹孟德,犹以汉相终",此亦非用典也。

(丁)引古人作比　此亦非用典也。杜诗云,"清新庾开府,俊逸鲍参军",此乃以古人比今人,非用典也。又云,"伯仲之间见伊吕,指挥若定失萧曹",此亦非用典也。

(戊)引古人之语　此亦非用典也。吾尝有句云:"我闻古人言,艰难惟一死。"又云:"尝试成功自古无,放翁此语未必是。"此乃引语,非用典也。

以上五种为广义之典,其实非吾所谓典也。若此者可用可不用。

(二)狭义之典,吾所主张不用者也。吾所谓用"典"者,谓文人词客不能自己铸词造句以写眼前之景,胸中之意,故借用或不全切,或全不切之故事陈言以代之,以图含混过去:是谓"用典"。上所述广义之典,除戊条外,皆为取譬比方之辞。但以彼喻此,而非以彼代此也。狭义之用典,则全为以典代言,自己不能直言之,故用典以言之耳。此吾所谓用典与非用典之别也。狭义之典亦有工拙之别,其工者偶一用之,未为不可,其拙者则当痛绝之。

（子）用典之工者　此江君所谓用字简而涵义多者也。客中无书不能多举其例，但杂举一二，以实吾言：

（1）东坡所藏"仇池石"，王晋卿以诗借观，意在于夺。东坡不敢不借，先以诗寄之，有句云："欲留嗟赵弱，宁许负秦曲。传观慎勿许，间道归应速。"此用蔺相如返璧之典，何其工切也！

（2）东坡又有"章质夫送酒六壶，书至而酒不达"。诗云："岂意青州六从事，化为乌有一先生。"此虽工已近于纤巧矣。

（3）吾十年前尝有读《十字军英雄记》一诗云："岂有酖人羊叔子？焉知微服赵主父？十字军真儿戏耳，独此两人可千古。"以两典包尽全书，当时颇沾沾自喜，其实此种诗，尽可不作也。

（4）江亢虎代华侨诔陈英士文有"未悬太白，先坏长城。世无钮麑，乃戕赵卿"四句，余极喜之。所用赵宣子一典，甚工切也。

（5）王国维咏史诗，有"虎狼在堂室，徙戎复何补？神州遂陆沉，百年委榛莽。寄语桓元子，莫罪王夷甫。"此亦可谓使事之工者矣。

上述诸例，皆以典代言，其妙处，终在不失设譬比方之原意；惟为文体所限，故譬喻变而为称代耳。用典之弊，在于使人失其所欲譬喻之原意。若反客为主，使读者迷于使事用典之繁，而转忘其所为设譬之事物，则为拙矣。古人虽作百韵长诗，其所用典不出一二事而已，(《北征》与白香山《悟真寺诗》皆不用一典。)今人作长律则非典不能下笔矣。尝见一诗八十四韵，而用典至百余事，宜其不能工也。

(丑)用典之拙者　用典之拙者,大抵皆懒惰之人,不知造词,故以此为躲懒藏拙之计。惟其不能造词,故亦不能用典也。总计拙典亦有数类:

(1)比例泛而不切,可作几种解释,无确定之根据。今取王渔洋《秋柳》一章证之:

> 娟娟凉露欲为霜,万缕千条拂玉塘。
> 浦里青荷中妇镜,江干黄竹女儿箱。
> 空怜板渚隋堤水,不见琅琊大道王。
> 若过洛阳风景地,含情重问永丰坊。

此诗中所用诸典无不可作几样说法者。

(2)僻典使人不解。夫文学所以达意抒情也。若必求人人能读五车之书,然后能通其文,则此种文可不作矣。

(3)刻削古典成语,不合文法。"指兄弟以孔怀,称在位以曾是"(章太炎语),是其例也。今人言"为人作嫁"亦不通。

(4)用典而失其原意。如某君写山高与天接之状,而曰"西接杞天倾"是也。

(5)古事之实有所指,不可移用者,今往往乱用作普通事实。如古人灞桥折柳,以送行者,本是一种特别土风。阳关渭城亦皆实有所指。今之懒人不能状别离之情,于是虽身在滇越,亦言灞桥;虽不解阳关渭城为何物,亦皆言"阳关三叠","渭城离歌"。又如张翰因秋风起而思故乡之莼羹鲈脍,今则虽非吴人,不知莼鲈为何味者,亦皆自称有"莼鲈之思"。

此则不仅懒不可救,直是自欺欺人耳!

凡此种种,皆文人之下下工夫,一受其毒,便不可救。此吾所以有"不用典"之说也。

七曰不讲对仗

排偶乃人类言语之一种特性,故虽古代文字,如老子孔子之文,亦间有骈句。如"道可道,非常道;名可名,非常名。无名天地之始,有名万物之母。故常无,欲以观其妙;常有,欲以观其徼。"此三排句也。"食无求饱,居无求安。""贫而无谄,富而无骄。""尔爱其羊,我爱其礼。"——此皆排句也。然此皆近于语言之自然,而无牵强刻削之迹;尤未有定其字之多寡,声之平仄,词之虚实者也。至于后世文学末流,言之无物,乃以文胜;文胜之极,而骈文律诗兴焉,而长律兴焉。骈文律诗之中非无佳作,然佳作终鲜。所以然者何?岂不以其束缚人之自由过甚之故耶?(长律之中,上下古今,无一首佳作可言也。)今日而言文学改良,当"先立乎其大者",不当枉废有用之精力于微细纤巧之末:此吾所以有废骈废律之说也。即不能废此两者,亦但当视为文学末技而已,非讲求之急务也。

今人犹有鄙夷白话小说为文学小道者,不知施耐庵、曹雪芹、吴趼人皆文学正宗,而骈文律诗乃真小道耳。吾知必有闻此言而却走者矣。

八曰不避俗语俗字

吾惟以施耐庵、曹雪芹、吴趼人为文学正宗,故有"不避俗字俗语"之论也。(参看上文第二条下。)盖吾国言文之背驰久矣。自佛书之输入,译者以文言不足以达意,故以浅近之文译之,其体已近白话。其后佛氏讲义语录尤多用白话为之者,是为语录体之原始。及宋人讲学以白话为语录,此体遂成讲学正体。(明人因之。)当是时,白话已久入韵文,观唐宋人白话之诗词可见也。及至元时,中国北部已在异族(辽金元)之下,三百余年矣。此三百年中,中国乃发生一种通俗行远之文学。文则有《水浒》,《西游》,《三国》……之类,戏曲则尤不可胜计。(关汉卿诸人,人各著剧数十种之多。吾国文人著作之富,未有过于此时者也。)以今世眼光观之,则中国文学当以元代为最盛;可传世不朽之作,当以元代为最多:此可无疑也。当时是,中国之文学最近言文合一,白话几成文学的语言矣。使此趋势不受阻遏,则中国几有一"活文学出现",而但丁、路得之伟业,〔欧洲中古时,各国皆有俚语,而以拉丁文为文言,凡著作书籍皆用之,如吾国之以文言著书也。其后意大利有但丁(Dante)诸文豪,始以其国俚语著作。诸国踵兴,国语亦代起。路得(Luther)创新教始以德文译《旧约》、《新约》,遂开德文学之先。英法诸国亦复如是。今世通用之英文《新旧约》乃一六一一年译本,距今才三百年耳。故今日欧洲诸国之文学,在当日皆为俚语。迨诸文豪兴,始以"活文学"代拉丁之死文学;有活文学而后有言文合一之国语也。〕几发生于神州。不意此趋势骤为明代所阻,政府既以八股取士,而当时文人如何李七子之徒,又争以复古为高,于是此千年难遇言文合一之机会,遂中道夭折矣。然以今世历史进化的眼光观之,则白话文学之为中国文学之正宗,又为将来文学必用之利器,可断言也。(此"断言"乃自作者言之,赞成此说者今日未必甚多也。)以此之故,吾主张今日作文作诗,宜采用俗语俗字。与其用三千年前之死字(如"于铄国会,遵晦时休"之类),不如用二十世纪之活字;与其作不能行远不能普及之秦汉六朝文字,不如作家喻户晓之《水浒》、《西游》文字也。

结　论

上述八事,乃吾年来研思此一大问题之结果。远在异国,既无读书之暇晷,又不得就国中先生长者质疑问难,其所主张容有矫枉过正之处。然此八事皆文学上根本问题,一有研究之价值。故草成此论,以为海内外留心此问题者作一草案。谓之刍议,犹云未定草也,伏惟国人同志有以匡纠是正之。

民国六年一月

图书在版编目(CIP)数据

胡适文化小品/胡适著.—杭州:浙江文艺出版社,
2016.1(2019.10重印)
(大师小品)
ISBN 978-7-5339-4339-4

Ⅰ.①胡… Ⅱ.①胡… Ⅲ.①小品文—作品集—中国
—现代 Ⅳ.①I 266.3
中国版本图书馆CIP数据核字(2015)第275024号

胡适文化小品

作　　者：胡　适
责任编辑：邓东山
书籍设计：吴　捷
责任出版：张丽敏

浙江文艺出版社　出版发行

地址：杭州市体育场路347号
网址：www.zjwycbs.cn
印刷：杭州杭新印务有限公司
版次：2016年1月第1版
　　　2019年10月第4次印刷
开本：787毫米×1092毫米　1/32
字数：124千字
印张：6.5
插页：2
书号：ISBN 978-7-5339-4339-4
定价：20.00元

(如有印、装质量问题,请寄承印单位调换)